野蛮新娘

康奈尔·伍里奇黑色悬疑小说系列

[美]康奈尔·伍里奇 著

李晨 译

上海文艺出版社
上海故事会文化传媒有限公司

康奈尔·伍里奇黑色悬疑小说系列（全18种）

编委会

总策划 夏一鸣

主　编 黄禄善

副主编 高　健

编辑成员（按姓氏拼音为序）

蔡美凤　高　健　洪圣兰　胡　捷

黄禄善　吴　艳　夏一鸣　杨怡君　朱崟滢

序　言

　　你见过妻子为丈夫的情妇洗冤吗？见过杀手恋上自己的谋杀目标吗？还有弃妇嫁给死人、员工携带老板爱妻逃亡、富豪邮购致命新娘，等等。所有这些令人心颤的诡谲事件，或者说，诞生在西方资本主义世界的怪胎，都来自康奈尔·伍里奇（Cornell Woolrich, 1903—1968）的黑色悬疑小说。黑色悬疑小说，又称心理惊险小说，是西方犯罪小说的一个分支。它成形于20世纪40年代，在50年代和60年代最为流行。同硬派私人侦探小说一样，这类小说也有犯罪，有调查，然而它关注的重点不是侦破疑案和惩治罪犯，而是剖析案情的扑朔迷离背景和犯罪心理状态。作品的叙事角度也不是依据侦探，而是依据与某个神秘事件有关的当事人或案犯本身。伴随着男女主角因人性缺陷或病态驱使，陷入越来越可怕的犯罪境地，故事情节的神秘和悬疑也越来越强，从而激起了读者的极大兴趣。

　　康奈尔·伍里奇被公认是西方黑色悬疑小说的鼻祖。他出生于美国纽约,幼年即遭遇父母离异的不幸。在前往父亲工作的墨西哥生活了一段时期之后,他回到了出生地,同母亲相依为命。1921年,他进入了哥伦比亚大学,但不多时,即对平淡的学习生活感到厌倦,并于一场大病之后退学,开始了向往已久的职业创作生涯。1926年,他出版了长篇处女作《服务费》,接下来又以极快的速度出版了《曼哈顿恋歌》等五部长篇小说。这些小说均被誉为"爵士时代小说"的杰作,尤其是《里兹的孩子》,为他赢得了《大学幽默》杂志举办的原创作品大奖,并得以受邀来到好莱坞,将小说改编成电影剧本。1930年,"事业蒸蒸日上"的康奈尔·伍里奇与电影制片商的女儿结婚,但这段婚姻只维持了几个星期便因他本人的恋母情结和同性恋倾向而告终。此后,康奈尔·伍里奇一度意志消沉,创作也连连受挫。一怒之下,他销毁了全部严肃小说手稿,转向通俗小说创作。1940年,他的第一部黑色悬疑小说《黑衣新娘》问世,顿时引起轰动,他由此被称为"20世纪的爱伦·坡"和"犯罪文学界的卡夫卡"。紧接着,他又以自己的本名和笔名陆续出版了17部国际畅销书,其中的《黑色帷帘》《黑色罪证》《黑夜天使》《黑色恐惧之路》《黑色幽会》同《黑衣新娘》一道,构成了著名的"黑色六部曲"。其余的《幻影女郎》《黎明死亡线》《华尔兹终曲》《我嫁给了一个死人》,等等,也承继了同样的黑色悬疑风格,颇受好评。与此同时,他也在《黑色面具》等十几家通俗杂志刊发了大量的中、短篇黑色悬疑小说。这些小说同样受欢迎,被反复结集出版。然而，巨额稿费收入并没有给他带来精神愉悦。他依旧"像一只倒扣在玻璃瓶中的可怜小昆虫"，徒劳挣扎，郁郁寡欢。自50年代起，因酗酒过度，加之母亲逝世的沉重打击，康奈尔·伍里奇的健康急剧恶化，他的一条腿因感染未及时医治而被截除。1968年，康奈尔·伍里奇在孤独中逝世，死前倾其所有财产，以母亲名义为母校哥伦比亚大学设立了一项教育基金。

康奈尔·伍里奇的黑色悬疑小说引起了众多作家的模仿。最先获得成功的是吉姆·汤普森（Jim Thompson, 1906—1977）。他的《我心中的杀手》等小说以破案解谜为线索，表现罪犯的犯罪心理，从多个层面反映小人物的重压。稍后，霍勒斯·麦考伊（Horace McCoy, 1897—1955）和戴维·古迪斯（David Goodis, 1917—1967）又以一系列具有类似特征的作品赢得了人们的瞩目。20世纪50年代至60年代，黑色悬疑小说层出不穷，代表作家有查尔斯·威廉姆斯（Charles Williams, 1909—1975）、哈里·惠廷顿（Harry Whittington, 1915—1989），等等。同康奈尔·伍里奇和吉姆·汤普森一样，这些作家注重塑造处在社会底层、具有人性弱点或生理缺陷的反英雄，但各自有着独特的创作手法和成就。

康奈尔·伍里奇的黑色悬疑小说还引发了战后西方黑色电影浪潮。自1937年起，依据康奈尔·伍里奇的长、中、短篇黑色悬疑小说改编的电影即频频出现在美国各大影院，并进一步成为好莱坞电影制作的主要来源，尤其是1954年，阿尔弗雷德·希区柯克(Alfred Hitchcock, 1899—1980)执导的电影《后窗》赢得了爱伦·坡奖,将这种改编推向了高潮。据不完全统计,20世纪40年代至60年代,共有35部康奈尔·伍里奇的作品被改编成电影,其数目远远超过达希尔·哈米特(Dashiell Hammett, 1894—1961)和雷蒙德·钱德勒(Raymond Chandler, 1888—1959)。不久,这股康奈尔·伍里奇作品改编热又延伸到了南美、德国、意大利、土耳其、日本、印度,尤其是《黑衣新娘》和《华尔兹终曲》,在法国持续引起轰动。80年代和90年代,康奈尔·伍里奇作品又被西方各大媒体争先恐后改编成电视连续剧、广播剧。与此同时,新一波电影改编热又悄然兴起。直至2001年,美国著名影视剧作家迈克尔·克里斯托弗(Michael Cristofer, 1954—)还将《华尔兹终曲》改编成了电影《原罪》,广受好评。2012年,《后窗》又被改编成百老汇音乐剧。2015年至2019年,作为好莱坞经典保留剧目,电影《后窗》再次在美国各大影院上映,引起轰动。

这套丛书汇集了康奈尔·伍里奇的18部黑色悬疑小说,包括16部长篇和2部中短篇,是迄今国内译介康奈尔·伍里奇的品种最齐全、内容最丰富的一个系列。这些小说既有爱伦·坡和卡夫卡的印记,又有硬汉派侦探小说的风格,但最大特色是制造了紧张的恐怖悬念。作品大多数以美国经济萧条时期的大都市为背景,着力表现人性的阴暗面和人生的残忍、污秽、挫败以及虚无。譬如《黑衣新娘》,描述一个神秘女子伪装成不同的身份和外表对多个男性疯狂复仇，起因是多年前那些人枪杀了她的丈夫，从那时起，她就誓言血债血偿，其手段之残忍，令人咋舌。而《黑色幽会》则描述一个男子的未婚妻被五名男子的空中抛物致死，其心灵被疯狂滋长的复仇欲望所扭曲，并渐至迷失本性。在难以言状的病态心理驱使下，他将这五名男子最心爱的女人一个个杀死。与此同时，他也成为可悲的社会牺牲品。

同这类以罪犯为男女主角的小说相映衬的是另一类以受到陷害、孤立无援的无辜者为男女主角的作品。《黑色帷帘》和《幻影女郎》堪称这方面的代表作。在《黑色帷帘》中，男主角脑部遭受重击丧失记忆力，过去的生活片段如梦魇般在内心煎熬。他渐渐回忆起自己曾被人陷害，是一起谋杀案的疑犯。而要洗清嫌疑，他必须恢复记忆。伴随着支离破碎的回忆，他极度害怕自己就是真凶。无独有偶，《幻影女郎》中的男主角与妻子吵架负气出门，在与陌生女郎约会之后，发现妻子被杀，自己则被控告行凶，判处死刑。本可以证明他清白的神秘女郎，却仿佛人间蒸发一般，而那晚所有见过他的人，都不记得他曾与女郎在一起。随着行刑日期接近，所有寻找女郎的努力都以失败告终。即便他本人也开始怀疑，是否真有这样一位女郎存在。

为了增加作品的悬疑，特别是中、短篇小说中的悬疑，康奈尔·伍里奇也会仿效一些传统侦探小说的写法，描述一些出人意料的谋杀奇案。如《死亡预演》描写身穿宫廷裙服的女演员突然被烧死,警方必须弄清楚罪犯(伴舞者中的一个)如何在一大群伴舞者中放火杀人。而《自动售货机谋杀案》要解决的则是罪犯如何利用自动售货机毒杀三明治购买者。除了一些常见的布局手法,暗示超自然力量的存在也是康奈尔·伍里奇解释某些罪案发生的方法之一。《眼镜蛇之吻》述说一个离奇的印第安妇女能将毒蛇的毒液转移至其他物品。《疯狂灰色调》描述一个坚持要解读出"乌顿"(一种巫术)秘密的乐师。《向我轻语死亡》则以一个先知谶语来展开叙述。面对通灵师预言女孩的叔叔将在两天后被雄狮咬死,警察该如何阻止这场事先张扬且没有罪犯的命案?被预言逼得精神失常的叔叔又该如何保护自己?所有人是否能在死亡期限之前揭开阴谋面纱?诸如此类的谜底,将在"康奈尔·伍里奇黑色悬疑小说系列"中一一找到答案。

黄禄善

Contents

夜逃 /1

启航 /6

不寻常的新婚之夜 /12

新娘米蒂 /18

上岸 /25

滞留 /35

蛛丝马迹 /39

远山的召唤 /46

月夜私逃 /51

求诊 /58

马洛里 /62

泉眼 /68

死亡之地 /80

烟火 /83

奇异的鼓声 /89

被俘 /111

两封电报 /121

进山 /124

内政部长 /130

时光隧道 /142

文明世界的囚禁 /147

归来 /153

野蛮部落的地牢 /158

科特 /168

克里斯 /171

女祭司米蒂 /181

第二次夜逃 /199

夜　逃

他叫劳伦斯·金斯利·琼斯。与众人无异，和你、我一样，同属平常之辈。然而，在这个平常人身上，却发生了一件不平常之事。

屋内，漆黑一片，月光透进窗户，冲破黑暗，勾勒出方形的窗框，投下光影在地板上。屋外，四下寂静，乡村在沉睡，头顶上的繁星刺破夜幕，星光点点。无论屋内还是屋外，气氛都格外紧张，安静得令人心慌，仿佛正随时待命，就等着发号令一响，便开始行动。

窗户上映出一只女孩纤手的剪影，手里拽着被固定在一侧的窗帘，雪纺绸质地的窗帘影影绰绰，朦朦胧胧。手影之下，肩膀的轮廓清晰可辨；再往上看，只见一张看不清五官的面孔正向外张望。然而，一切都是静止的，手、肩膀、头，一动不动，静候着约好的暗号，一触即发。

信号骤然而至，暗号如约响起。从房前庭院中间的道路上，传来汽车喇叭声，只响了一次，低哑、短促，仿佛在试探。随着车身猛地一转向，车前灯在黑暗中照射出一个黄色的半圆，车灯一闪即逝。

"嘎吱"一声，窗板向上轻轻滑开，发出的动静克制、暗哑，比老鼠的响动还要轻柔。窗外有人脚踩在碎石上，咯吱咯吱声若隐若现。这时，正对着窗口下方，一个男子压低了嗓音探问道："准备好了？"

窗框里的人影第一次开口说话："我出不去。他把我关在屋子里。我听到他用钥匙把门反锁上了。他就在后面楼下，不知道哪个地方。他们一整天都像老鹰一样盯着我，他们好像起了疑心。"

"还有一个人在哪儿？"

"你是问科特？他此刻不在。九点钟的时候，他开着他们的车出去了，现在还没回。"她不敢大声说话，话不成句，声音颤抖个不停，"拉里，拉里，我好怕。我走不了了。"

"你心里还是想走的，对不？"

"我现在只想跟你逃走，别的什么都不想。别把我一个人丢在这儿，别丢下我。"

"得找个办法把你弄出来。我瞅瞅能不能找到一把梯子。"

"有一把园丁用的梯子。你知道花房在哪儿不？就在后面。"

踩在草地上的脚步声绕过房子，渐行渐远。窗口的身影转过身，面对着房间，身子绷得紧紧的，留意着房子里面的动静。

传来一记闷响，好像是一根木杆轻轻地搭在窗口下的护墙板上。

她突然惊恐万分地转过身。"他上来了！哦，拉里，我们该怎么办？我听到他上来了。他就在下面关夜门上锁。"

那个男子站在方才竖起的梯子旁边，语气坚定地宽慰道："别慌。我们走得了。先把你要带的东西扔下来，我拿到车里去。"

"我什么东西都没带。就带走我，只要把我这个人带走就行！"

"好的，现在放松点。坐到窗台上，然后把身子转到这一边。我替你抓牢梯子。对，就这样。现在开始脚往下退。梯子的顶端就在脚下。"

第一只脚刚退下一格，另一只脚便停了下来。"他已经上楼梯了！他上来了！我能听到他的手拍栏杆的声音！"

"嘘！"他丝毫不为所动，继续指挥着她，"别光站在那儿听。你已经出来了。再迈一步。好的，再来一步。好姑娘。这不就下来了？瞧，你到我怀里了。"

她一转身，两人便拥在一起，女子惊魂未定，把脸埋在男子的胸口。

"没事了。"他小声安慰着她，"你自由了，是我的人了。"

黑漆漆的草地上凝结着白霜,他拉着她穿过草坪,来到一道密实、森严、高耸的尖桩铁栅栏前。栅栏中间有一段立着两座花岗岩基座,连接着两扇大铁门。此时,大门狭开了一道缝,两人便侧身挤了出去。他拽着她跑到十来米开外,那里有一辆咻咻作响的敞篷车静候着。两人来到车边,他呵护万分地将女子安置在车上坐定,然后自己也坐了进去。车门"砰"的一声关上,仿佛在宣告:"现在他们可没法把你抓回去了。"

他将油门踩到底,夜色被远远地抛在了车后。他把头扭向女子,不由分说地亲了上去,四唇相合,久久不肯分开。"咱俩的婚礼之吻。"他边亲边低语道。

整个晚上便在慌乱之中匆匆而过,唯有那晚天上的月亮和星星清辉依旧,恒守着自己的位置。

一路上她只回头看过一次。迎着风,她朗声说道:"等科特回来,他们才可能来追我们,把我们抓……"

"让他们追呗。"他语气干脆利落,"他们追不上。从此以后,你永远都是我的人。"

"拉里。"过了片刻,她迷惑地瞅着男子问,"外面的世界是什么样子?"

"你马上就能看到了。我这就让你见识见识。"他"咔哒"一声扭开收音机。激烈、刺耳的音乐声扑面而来,"听到没?这就是外面的世界。"他扭了一下旋钮,收音机里传出震耳欲聋的笑声,有什么滑稽好笑的话引得观众哄堂大笑。他又扭动了一下旋钮,这次飞出一个女人的尖叫声,像一把刀子劈向两人中间。女人的尖叫被两三声沉闷的枪声所打断。他立即关掉收音机。"这也是世界的一部分。"他不情愿地咕哝道。

启 航

随着"砰砰"的捶门声,头顶上的气窗被震得透进些许的光亮。门闩一跳,门开了。屋内站着一个戴着无框眼镜的男人,他满头银发,喉结粗大下垂,两眼瞪着闯进来的两个人。

"老天啊!你们就不能少安毋躁些吗?"他连声抱怨。

"今晚是不是有一对年轻人来过这里?"年纪稍长的一个人劈头盖脸地问道。

"有好几对呢。本人便是地方法官。"他皮笑肉不笑地说。

"女孩黑头发,橄榄色皮肤;和她一起的那个男的是金发。名字叫米蒂·弗雷德里克斯和劳伦斯·琼斯。"

"没错，是这两人。"法官点点头，"就在三刻钟之前。其实，他们是今晚来的最后一对。"

"那么你……你办了？都办完了？"

"是的，我主持了两人的婚礼。"法官简洁明了地告知他结果，"本职所在。"

年长者转过身，向同伴投去大难临头的一瞥。"来晚了一步。"他沮丧地说，"木已成舟。"

同伴听闻，不由打了一声长长的呼哨。

法官显得心绪不安，手里揪着脖子上的赘肉。"没什么问题吧？你们二位是亲戚？"

"也算是吧。"年长者有气无力地说，"我是弗雷德里克斯教授。我是她的监护人。"

法官揪起了更多的赘肉。"他们的许可证看上去完整无缺。"他在为自己辩护，"两三天前由巴尔的摩签发的，符合规定的生效时间。没有理由不给他俩颁发结婚证书。"

"你刚才说巴尔的摩？"年轻点的那个人尖声重复道。他费解地看着弗雷德里克斯。

"没错。但凡证件齐全，我就得按章办事。先生，你瞧，我又没法读懂别人的心思。"见两人满脸不快地沉默不语，法官显得愈发没有了底气。此时他的手开始揪着法官袍最上面的那颗纽扣。"她声称自己满十八岁了。"最后，他又为自己无力地辩解了一句。

弗雷德里克斯的喉咙"咯噔"一声响。

"十八岁。"他重复了一遍。

科特猛地刹住了车，仿佛车是被什么东西撞停，众人如同被急刹车甩出来一般，纷纷冲出汽车，连车门都顾不上关。

一行人穿过码头前端的围墙进入码头，一路朝着最远端跑去，在那一边，可以看见众多缺口，像是一长排推拉门被敞开了口。这些缺口的对面，就在伸手可触的地方，一长条镶嵌在饱经风雨的铁壳船体上的舷窗，此时正无声无息地往前滑行，仿佛正踩在一条传输带上。轮船距离泊位如此之近，让人几乎看不出它是否在航行之中。从上面看，也几乎看不到船与码头之间的狭窄水道。

刚刚往回收的跳板还没完全收回，但另一头已经搭在空中。科特一个箭步跳了上去，刚走到一半，三两个码头工人便薅住他的衣领，将他拽了回来。"嗨，先生，瞧你。"其中一个调侃道，"你想干吗？把自己揪到水里去？"

"别追了，傻瓜。"弗雷德里克斯站在下面说，"没用了。"

码头工人将跳板收回、移开。科特跳下来，站到弗雷德里克斯身边。"瞧那艘船。"他颇为恼火，"简直伸手就能摸到！"

"再快两分钟就好了。"弗雷德里克斯苦涩地表示赞同，"最后那个红灯误了事。要不然，你刚才往下走的时候，开头没拐错弯就好了。"

"现在能看到船名了。"科特说。船名从后往前通过码头窗口，他将字母一一拼读出来："A、I、L——圣艾米莉亚。看到他俩了吗？说不定他们根本没上船。"

弗雷德里克斯突然一把抓住他的胳膊。"在那儿！快看，在上面，二层甲板上。就在那一排人中间，靠在生锈的船舷上的。"

顺着栏杆站了一长排人，他俩就混在其中。那个男子头上没戴帽子，一头金发乱蓬蓬的，衣着毫不起眼；光看这个男子，他们或许还不敢断定，但依偎在他身边的那个女子，即便从更远的距离也能一眼认出来。黑头发，黑眼睛，高颧骨，长相颇具异国风情，像是拜占庭人，或是波利尼西亚人。

"过来了，这可是我们最后的机会了。"科特咬着牙说。他把双手在嘴巴上窝成喇叭状。紧绷的喉咙随着他拼尽全力吼出的声音而颤抖。可是，他的声音没人能听到，即使是近在咫尺的弗雷德里克斯也听不到。

因为恰在此时，刚巧不巧，轮船鸣响了深沉持久的汽笛声，一股脑儿淹没了所有的嘈杂喧闹。

那男子和女孩缓缓地打眼前经过。两人都在抬头往上看，瞧向汽笛传来的方向。女孩吓得用手指塞住耳朵，浑身在发抖。男子则哈哈大笑。然后，两人转身向甲板走去，身后留下的空位表明他们曾在那里待过，但空位很快便被人填补上了。

轮船不为所动地继续滑行，速度迟缓得似乎在故意嘲弄，又似乎是在神游。

科特点燃一支烟,对张贴在码头上的"禁止吸烟"标识视而不见,郁闷地朝着衣襟喷出一口烟。他似乎深信这一切都是天注定。"我们知道,"他阴沉着脸说,"可是他们不知道。他不知道。连她自己也蒙在鼓里。这件事唯一真正的危险或许就在于是否知情。干脆由他们去好了,让他们自己揣摩出来!"

弗雷德里克斯对他怒目相视。"你在胡说八道什么?婚姻是神圣的。一旦一个男人娶了女子为妻,不管是谁,都有权……"

"干什么?"科特反唇相讥,追问道,"有权干什么?"

弗雷德里克斯没有理会。

"走吧。"他边转身边说,语气平静得有些不寻常,"我们得给旧金山发封电报,船经过运河到达那里靠港之后,就可以送到他手上。"

"为什么不发到船上?"科特不解地问道,"为什么不趁他们还在船上,发无线电过去,就现在?"

"因为他们要是仍在船上,他就无法摆脱她。一旦在旧金山靠了岸,他便能脱身了。"

科特挖苦道:"如果是他自己愿意呢?别忘了,他刚刚才娶了她。他们可真是一时冲昏了头脑。"

"得给他一次机会。"弗雷德里克斯愤愤地说,"得有人告诉他。他俩必须得分开。"

科特把吸了一半的香烟掷进船尾留下的泡沫漩涡里,眼看着它跟随着疯狂的涡流不断旋转。

"主把他们结合在一起。"他喃喃自语道,"愿主保佑他们吧。他们很快就会需要老天保佑了。"

不寻常的新婚之夜

　　凌晨两点。船已在哈瓦那港[1]抛锚，此刻正在停泊休息之中。特等舱里的灯亮着，但里面空无一人。客舱女服务员已经为舱内的两张床铺好了夜床，只等着客人前来就寝。一张床上放着一件淡粉色的睡裙，另一张床上摆着一套睡衣。

　　船舱外面是哈瓦那的某个地方，那里亮着灯光，映照在港口黑黝黝的水面上，光影闪烁，就像是彩色纸屑浸泡在一潭死水里。天空映衬下的莫罗城堡[2]显得又粗又短，犹如一根放置在黑板前的

---

[1] 哈瓦那港：古巴第一大港口。
[2] 莫罗城堡：矗立在古巴哈瓦那湾入口处的一座古堡，起着灯塔的作用。

灰色粉笔。顶尖附近有一颗蓝色的钻石在不停地闪耀,一明一灭,一明一灭,永不休止。

一把钥匙在特等舱门锁里转动。他背对门往里走,用肩膀向内推开了门,怀里正抱着她,就像每一个新郎都应该做的那样,抱着自己的新娘。他上身穿着白色的晚礼服,而她则一身黑色蕾丝。

他满面春风,她却笑意全无。她双目下垂,仿佛眼眸里藏着恐惧,又不想被他发现。她甚至不敢直面他,便把头向一旁侧去。

他用脚后跟将门关上,放下女子,她便落地站稳,黑色的蕾丝簇拥着她,宛若一股黑烟。

她很安静,一言未发。他瞄了她一眼,似乎第一次注意到她的情绪和自己的毫不相称。黑色的晚装滑落到地板上。他注意到她的头微微低垂了一些。

"累了?"他轻声问道。

她摇摇头,却仍旧低着头。头垂得很低,以至于他能看见女子头顶分开的发路,还有插在脑后的栀子花。她坐了下来,脱掉一只舞鞋。然后脱掉另一只。

此刻,他的脸上已然没有了笑容,一副若有所思、垂头丧气的样子。"我知道。"他柔声说道,"你是吓坏了。现在还很害怕。"

她的头愈发低垂下去,楚楚可怜,却仍旧没有开口说话。

"我说,我们星期二就结婚了。今天都星期五。要等多久……"他没说下去。他又把上衣穿上,往舱门走去。

当他转过身的时候,听到她轻快的脚步声,床上的粉色睡袍一眨眼的工夫被撩起来,紧接着便套在了她的身上,如同裹着玫瑰色的泡沫[1]。

"需要我出去待一会儿再回来吗?"他问,"和前几个晚上一样?"

她没回答,或许因为她也不知道答案。

"怎么回事?你不爱我了?"

她猛地抬起头。她是强撑着抬起头的,因为他看见她在微微发抖,而哈瓦那当天晚上陆地上的温度是80华氏度[2]。"我爱你,可我害怕爱情。我又爱又怕。"终于,她开口说话了,声音轻得几乎听不清楚。

"那你为什么还要和我结婚?你明白婚姻是怎么一回事,对吗?"

"白天在阳光下,我一点都不害怕。你是我的爱人。天一黑下来,我的心里就有一只鼓在敲,声音又低又沉……"

"你怕什么呢?爱情不会伤害你的。"他走回到她的身边,俯下身子,握住她的手。

"不会吗?"她将信将疑,如同一个学童在向老师提问,"那么,它会做出什么事来?"

---

[1] 泡沫:希腊爱神阿美罗狄蒂据说是诞生于海浪泡沫之中。
[2] 80华氏度:相当于26摄氏度。

他斟酌着合适的字眼:"没人可以告诉你。你得自己去感受。"

她的一双眼眸犹如两汪深不见底的池水。

他不无心酸地问:"那时你在哪儿呀,竟从未听说过爱情?"

"就在那座房子里,你发现我的那座房子。"

"你是不是不再信任我了?"他言辞恳切而温柔,"你能不能抬起头来看看我?这样你就会看出我永远都不会伤害你。抬头看看好吗?给我一次机会?"

她仍在瑟瑟发抖。渐渐地,她松开了双臂,将胳膊拢起来,做出被动的姿态,一种接纳的姿态。电灯开关"啪"的一声关上,四四方方的舱房完全陷入黑暗之中,似一方阴影,一方还未冲洗的胶卷底片。

过了一会儿,在一片空无寂静之中,响起她微弱而不安的声音。

"我惹你不高兴了吗?"

没有回答。

开关又打开了,灯光照亮了舱房,两人相隔甚远。开关是被女子的手打开的。他则站在舱房另一端的梳妆台旁边,背对着女子。汗水顺着脸庞滑落,留下一道道不规则的痕迹。而他额头上的头发呈镰刀状垂在前额。

"你怎么这样从我身边走开了?求你告诉我。求你了。我到底怎么了?"

他默不作声。那只拿起一支古巴雪茄的手在颤抖。

"到底怎么了？我做了什么？"

他声音嘶哑："没什么。别管我。或许是我在上岸之前喝了太多的酒，在桑叔西和巴乔拉鲁纳。"

"你压根就不喝酒。我早就观察过你，你只喝咖啡。"

虽然没往镜子里看，但他依然从那边感觉到她有想过来的意思，意图到他这边来。他抬起胳膊示意她往后退："待在那里别动。就一分钟。就一分钟，让我站得离你远一点。"

"你就是不肯告诉我吗？"

"一开始是我吓着你了，现在是你的热情把我吓坏了。"他拉开一个抽屉，从里面掏出一瓶淡黄色的古巴朗姆酒。他用手背擦了擦前额，仿佛是要抹去或者抑制住在脑袋里回旋的某种情感，"就好像一开始拥在怀里的东西，突然，突然变成了一只母老虎。我也不知道该怎么形容。反正不像个女孩，像是丛林里的动物。所以我刚才一下子跳开了。你……你知道自己刚才都做了什么吗？"

他伸出另一只手，打量着它，手背上是一条条蜿蜒的血痕。他从口袋里抽出一条手帕，倒出朗姆酒浸湿，按在手背上，然后又按到脸颊上，那里也有一道怒气冲冲的血色斜痕。最后，他将手帕绑在手上。

"我简直分不清这是出于爱还是恨。只有一点，过于狂野了，我承受不了。"

"那不是恨。是你告诉我那是什么。是你说那被称作为爱。爱原本就是这样的。"

"应该是亲吻，不是去咬。那是在挠，不是爱抚。就像是头豹子，要把我撕成碎片。还有你说的那些莫名其妙的话,是什么来着？根本就不是人话。肯定不是英语。"

"我不知道。我没听见。"

"是你自己说的。"

她的声音低得几乎难以听见。她展开双臂，向他示意："你刚才说那就是爱。回到爱情中来。如果那就是爱，那么它就在我的怀里。"

他绑着手帕的手抬了起来。他用这只手为自己倒了一杯酒，满满一大杯。他一仰脖子，毫不费力地一干而尽。

新娘米蒂

午夜。热带海域。船舷上两只凑在一起的烟头发出一闪一闪的微光。船舷下方的海面笼罩在月辉之下,水平如镜,熠熠生辉,清楚地照亮了两张面容。从船里的什么地方传来乐队演奏的曲目《负心汉》。一首关于恋人变心的歌曲,歌名本身就道出了不忠。船舱外,那两个陌生人并肩站着,两个已立下百年之约的陌生人,开始想方设法地相互熟悉、相互了解。

"你为什么这样看着我?你看出什么来了?"

"我在琢磨着,你眼里的忧伤。我看不懂那个眼神。从你的眼神看,你好像有一千岁了。米蒂,你是不是一生下来就是这个年纪了。"

她略带惊讶地瞥了他一眼。"你这么说真是太奇怪了。"她一字一顿地说道,"我确实是,从某种意义上说。"

"此话怎讲?"

"知道吗,我没有小时候的记忆。"

"糟糕的是没几个人有。我自己就没记得多少。不过模模糊糊地记得第一天上学就被人打了一两顿。"

"不是你理解的意思。你说的是幼儿时期。我说的是再大一点的时候,十一二岁的时候……"她停下来问他,"拉里,你不会心神不安吧?"

"不会啊,为什么会心神不安呢?你是指什么?"

"我是说患病,比如发烧什么的,也许是昏睡症。他从未告诉我真正的病因是什么。它消除掉过去所有的记忆。我得重新开始学说话,学认字。天哪,我现在能想起来他们当时教我走路的样子。"

他吹了一声口哨。"那时候你多大了?"

他发现她停了一下,努力在思索。"我不确定。他们从没告诉我确切的年龄。大概三四年前的事了。"

他试着帮她推算出。"好吧。假如你现在十八岁,而三四年前……"

"我不能确定我现在就是十八岁。我从来都不知道自己的确切年龄。"

"那么,他在拿出收养文件的时候,有没有出示一份出生证明?"

"我觉得他手上没有那样的文件。我从没听说过我的父母是谁。我能记起来的第一件事就是,他的脸,弗雷德里克斯的脸,一张模糊不清的脸,俯视着我,用滴管喂我东西吃,或者抱着我给我注射。我肯定昏睡了有好几个礼拜,甚至几个月。"

"情况不妙啊,我是说昏睡症。"他神色凝重地附和道。

"等到昏睡终于过去的时候,我只得重新开始学所有的事情。我连话都不会说了。我跟着他一句一句地学说话。他会递给我一样喝的东西,然后说:'水。'如果我想喝水了,我就会说:'水。'他就把水递给我。我就是这样学说话的。"

"难道你是说,在你脑子里,你并不知道那叫'水',直到你听见他这么喊的?"

"不是的。我知道那是什么东西。但我需要某个符号,某个单词来称呼它。因为那个单词的声音对我来说太陌生了。我一开始甚至都无法正确地读出来。就好像那是个外语单词,另外一门语言的词汇。"

她突然一下子情绪失控。"拉里,他们为什么要那样对我啊?"

他的眼睛不由地眯了起来。"这也是我想弄清楚的。"

"他们总是让我觉得自己怪怪的,异于常人。仿佛在我身上笼罩着重重秘密。"

他仔细琢磨着她的话。"你刚才说你是生病了,我姑且假定确实如此。那他们是在担心你的身体健康。"

"不。"她说,"不是因为我生过一次病。他们从未向我隐瞒过这件事。反正我对此是知情的。除此之外,还有什么事情。那件事,他们知道,而我一直被蒙在鼓里。那件事,如果被我知晓,后果便不堪设想。无数次他们心照不宣地交换一个眼神、交流一个单词,只有我不知所以。打个比方,孩子们在玩游戏,球从你的头上掷过去,要让你后面的人接住球。就好像……就好像我是中间的那个人。和别的女孩不一样,他们教会我女孩子应该知道的东西,却又不让我去用。他们在四年的时间里灌输给我十八年要接受的教育,然后只是把我关在那座房子里。"

他脸上露出厌恶的神情。

她轻叹一声。

一股仇恨的火苗在他心中点燃。"他们到底是什么人?他们是干什么的?一个年纪大点,另一个年轻点。你一个女孩子,怎么和他们待在一起?这种关系不应该发生,又怎么会发生的?我倒想弄清楚这些事情!"

她柔声说道:"我也想弄明白那些事情。我以前不知道,现在也不知道。弗雷德里克斯一直在写东西……无时无刻不停地写。我猜他是在写一本书。我觉得那本书和我有关系,他们用我做各种实验,那他需要把经过记录下来。他把自己关在后面的房间里,一写就是好几个钟头。"

"他们……有没有虐待你?"

"没有,没有。"她向他保证,"没有那样的事。只不过,人所需要的,不仅仅是……善意。"

"没错。"他说,仿佛是在对自己说,"还需要爱。"

"我以前经常听到这个字眼。"她说,"不过,那个话题,他们想方设法地尽量不去提它。可是,我还是能在书里读到。书里面说的都是关于爱的。有一个剧本,里面的一对恋人殉情了。男的服了毒,女的用匕首自戕了。"

"《罗密欧与朱丽叶》。"他点头称是。

她若有所思地说:"耳边成天听到这个词,却不知道情为何物的感觉真是太奇怪了。"

"在我之前,有没有其他男人?我寻思每个丈夫都会问一次自己的新娘。现在该轮到我问了。究竟是否有过其他男人?"

"一个都没有。你是第一个。你是第一个亲吻我的男人,第一个和我共乘汽车的男人,就在那晚,我们俩逃到了巴尔的摩。"

他长吁一口气,仿佛吹了一声无声的口哨。

她蓦然转身面对着他,神情激动万分。她抓住他的肩膀,哀求般地往身边拽,仿佛要把自己想要的答案从他的身体里拉出来。

"怎么回事?怎么回事?我到底出了什么问题?"

他轻轻地捂住她那颤抖的嘴唇,不让她说话,一直捂着不放,直到惊恐万分的疑惑从她亮晶晶的黑色眼眸中消退。"这样对你自己说。今晚之前,什么事情都没有发生过。今晚之前的你都不存在,都不是真的,什么都没发生过。我们从今晚重新开始,你和我。"

"我们从今晚重新开始,你和我……"她轻轻地喃喃自语。

过了一会儿她说:"跟我说说你自己吧。你是什么样的人……以前?在遇到我之前?"

"从哪儿说起呢?依我看,和其他的年轻小伙没什么两样。我没有兄弟姐妹。在我八岁的时候,父亲便去世了。后来战争打起来了,我便入伍参了军。我觉得那场战争是我遇到的最走运的事情。简直就是我的再生父母,它养活了我,也让我受了教育。靠着军人福利,我上了大学,学的是工程学。毕业以后,先后干了几份小活,后来就找到了一份大活,我现在就是要去干那份大活。"

两人都面朝大海望去。她头上戴的栀子花丝绒般的花瓣轻轻拂过他的面颊。

"我们明天停靠波多圣托港。"他说。

"我们要上岸吗?"

"没必要去,没什么可做,也没什么可看的。我猜不过是个陷在泥里的洞罢了。"

"那我们就待在船上。我乐意待船上。"

他弯起手指,勾住她的下巴,将她的脸扳向自己。在甲板顶棚的阴影下,两人的脸重叠在了一起。

午夜的热带海域。两个陌生人,渐渐熟悉彼此。两个陌生人:男人和妻子。

上　岸

　　他醒了。他从船的静止状态判断出,他们此刻已停锚在港口里。周围静寂得仿佛不真实。他想念船行时轻缓起伏,还有木板发出的吱嘎吱嘎声。

　　他想起来了,这里是波多圣托,介于巴拿马[1]和阿卡普尔科[2],正好处于西海岸行程的中间地段。他们决定不去上岸的港口。

　　她不在舱房内。她已经梳洗打扮停当,先离开了船舱。或许到甲板上凭栏看风景去了。

1　巴拿马:中美洲最南端的国家。
2　阿卡普尔科:墨西哥南部港口。

他在穿衣服的时候，每分每刻都盼望她回来，按捺不住兴奋地描述从船上看到的岸上风光。她没有出现。

他来到甲板上，那里热浪滚滚，令人发蔫。因为没有风，轮船停泊在港口，好似停在一个火炉里。平日里的习习微风如今丝毫不见踪影。连海水都变了颜色。往日深蓝色的海水呈现出港口浅底的淡绿色。对面是一排月牙形的平顶屋，屋顶铺着锡板和瓦片，远远望去，像是浮木或者由潮水日复一日拍打到海天之间的垃圾。再往后，群山的蓝色山际线若隐若现，细如香烟袅袅，又如飞机碧空拉烟，顶部清晰可见，而愈到底部，便愈发模糊起来，仿佛没了根基，悬浮在半空中。

几条当地人的小船和舢板缓缓地撑了过来，靠上了大船边。舢板里堆着水果——即使离岸这么远，水果上仍趴着苍蝇，还有巴拿马帽，以及各式各样的古玩珍品和不值钱的小玩意儿。

他一到下层甲板，并没有放慢脚步，先是漫不经心地扫了一眼舷侧的场面，紧接着眼神便机警起来，四处搜寻她。

同船的乘客站在船舷边向下俯瞰，有的三三两两，有的形单影只。看来没几个人上岸去。他从人群身后走过，看里面有没有她。她不在人群里，也不在甲板的躺椅上，上层甲板上也没有，不在游泳池里，不在大堂酒廊里。他赶紧回到船舱里查看，她也没有回来。

"有人看见我妻子了吗？"最后他只得向船舷边乘客群里的一

个人打听。

"是不是上岸去了？"一个妇人回答道。

"不带上我？不，不可能。"可是，她要是待在船上的话，那么为何找不到她呢？

他看见一个高级船员，便连忙上前询问。

"她没上岸。"那人说道，"我记得我曾问过她。上岸的那些人在上交通船的时候，她就站在旁边，不过她说她不上岸，你们两个商量好不上岸的。"

又一个乘客也加入进来，补充道："我觉得我确实看见她走了，在其他人都走了之后。她坐在当地人的小舢板里。她自己上去的，船上只有一个船工，还有一个小男孩，看着像是去找押运员。"

琼斯听了，仿佛五雷轰顶。"她怎么会不听船员的话去上交通船，偏要去上那样的小船？你肯定是弄错了！"

"琼斯先生，我看到她的时候，就认出那是你的妻子。"那人坚持自己的说法，"我当时就站在船舷边往下看，正好看到她。"

那两人略带惊讶地看着他。他心想，自己肯定满脸的震惊，让人一览无余了，他无暇顾及这些。令他震惊的是，她居然不留只言片语就一走了之。

"他们很快便回来了，到时候你亲自过来看看。"那人提醒说。

琼斯与那人在栏杆旁站了一会儿，装模作样地扯着闲篇。对方说的他一个字都没有听进去。他满脑子想的是她竟然毫无征兆地叛逃了。

"交通船回来了。"

船上有个雨篷，所以从上面看不到里面的人。他换了个位置，往里面走了一点，走到绳梯的正上方，这样他可以从上往下看到他们的脑袋一个接一个地跳出来。

回船的人为数不多。她不在其中，她没回来。

上船的一小群人站在甲板上，他在外围徘徊。一个妇女和他打个招呼，他立马问了她一个完全多余的问题，毕竟答案对他来说是显而易见的。"我妻子没和你们一起回来吗？"

"没有，她没和我们待在一起。"

听了这话，他一下子就松了一大口气。"有人说看见她上岸去了。我想她是不会……"

她立即给这个说话加以毁灭性的证实。"她上岸去了。我亲眼看见的，隔着一段距离，在城里，我们那时候正被人牵着走。我们后来集合准备回交通船的时候，就没再看见她，所以我们就断定她或许乘坐她上岸时雇的那艘小船，先回来了。"说到这，女人注意到他脸上紧张的神色，"还没回来吗？"

"没有。"

"你还是回去自己找找吧！她可能耽搁在……"

此时不用提醒，他早已奔到绳梯顶端处，一边开始晃晃悠悠往下爬，一边冲着下面吼叫："等一等，抓住绳梯！我和你们一起过去。我妻子还在岸上。"

"我们再过三刻钟就要起航了,琼斯先生!别耽搁太久!"一个高级船员朝他喊道,交通船先是沿着热气蒸腾的船身前行,然后掉转船头,向陆地驶去。

琼斯焦灼不安地坐在小船低陷的船舱里。与海水一板之隔,因此舱里暑热难耐,简直就像是从一片沸腾的柏油路上穿过。他本能地缩回手,免得碰到水,仿佛一沾到水就会烫掉皮似的。当然,那只是臆想罢了。

码头渐渐地从水平面上升起,呈现在他们眼前,铺砌码头的石块已有年岁了,遍布着铜锈绿。琼斯一步跨出船,跳上黏滑的石板台阶,他一脚踩滑,脚下踏空,身子一晃,竟也未摔倒,甚至也没放慢脚步。

到处都不见她的踪影。芳踪难觅。他向一个闲逛的人打听。"Señora[1]?"他搜肠刮肚地寻找他会的为数不多的词。

那个家伙指着轮船说了一番话,大概意思是:"他们几分钟前都回去了。"

"不是我说的那个夫人。"琼斯嘟囔道。他没有待在那里耗费时间费力去翻译了,而是登上栈桥径直往城里去。

一个水手大声警告他按时回来,可他丝毫不予理会。他心无旁骛,满脑子想的只有一件事:找到她。

---

1 Señora:西班牙语,意为:夫人。

此时他来到了城里,这个地方规模不大,甚至比从停泊在锚地的船上看去还要小。一条算得上是主街的道路笔直地出现在他面前,一头连着码头广场。隔一段路,便有小路交叉而过,就像是错放在铁轨上的枕木。看起来,整座城就是这个样子了。如果有人在这样的地方迷路,找不到回去的路,哪怕只有一小会儿,都令人匪夷所思。可是,她在哪儿呢?她究竟发生了什么事?

他决定先顺着大路的一边走,然后再顺着另一边往回走,看看她是不是耽搁在路边仅有的几家商店里。店里没有她,店里的人也未曾见过她。每到一处,被问及的人都摇头摆手。

他回到码头,只身一人。交通船里的一个水手手指着轮船,再次大声提醒他。剩下的时间不多了。这反倒激起了他的劲头,再次开始了寻找。

他跑上一条小岔路。廉价饮料的小店铺,花里胡哨的货摊,臭气烘烘的热带物品交易。她不会待在这种地方的。她到这种地方来能干吗呢?同样的道理,她怎么会到城里来呢?想到这,他一转身,回去了。

到了此刻,他才完全感到了害怕,整个人都处在难以呼吸的状态,手足无措,连续的奔跑令他汗流不止。

他看到一家稍微像点样子的酒店,或许是当地人唯一值得称道的建筑物,可是回应他的仍旧是耸肩、摊手。

他跟跟跄跄地走下酒店门外的台阶,手捂着前额,仿佛是对困惑不解的致敬。接下来去哪？还有什么地方？还有哪里没去找过？在这个杂乱而又狭小的地方，他每个角落都去过了。

即使在这个死水微澜、愚昧无知的小地方，也肯定有一家警署。就在那儿。他应该去那里试试运气。

就在那时，在他去警署的路上，几乎快到的时候，求助的理由一下子消失殆尽。

他看到了她。他亲眼看到了她。

她在一家勉强称得上是店铺的地方，一个小货摊嵌在墙壁里，如同一个壁龛。铺里光线暗淡，她的白裙发出幽幽的光泽。她背对着门外的路站着，一动不动。

他突然出现在门口，一下子堵住了进口，完全遮住了光线。

"米蒂！"他声嘶力竭地喊道。

她好像没有听见他的喊声，入神般的没有反应。

他快步向她走去，一把拽住她的胳膊。"米蒂，你是不是疯了？我吓得魂都没了！我到处找你，在这个小城里上上下下跑了个遍。"

她转过头看着他，有那么一刹那仿佛不认识他是谁。

少顷，似乎他的现身终于表明了他的身份，她发出了迟到的惊呼，而神情依旧镇静自若地说："哦，是你啊，拉里！你怎么到这儿来了？"

"米蒂，你知不知道我刚才怎么熬过来的？"

"我在这里是不是待得太久了？"她语焉不详，"我一直在努力想起什么事情来。"

她转身顺从地跟在他身后走到外面。小店主尾随着她，嘴巴里不依不饶地花言巧语着。琼斯回过头，恰好看见她递给店主一个小古玩意儿，那是一个形状奇特的泥塑小人像，人半蹲着，双臂揽住膝盖，脑袋出奇的大。她方才在恍惚之间抓在手里。

"什么事把你绊住了？"琼斯问道，此时两人正往他来的方向走去。

她回头看了看，不知是看那家小店铺，还是看仍站在店门口目送着他们的店主，抑或是看店主手里的那个小泥人。他吃不准。

"我一直在这里闲逛来着，然后恰好路过这里，我就进去瞅瞅。我一眼看到了架子上的那些玩意儿，一排排小石人，我也不知道……每次我拿起一个，就有一种奇怪的感觉，我好像无法把自己……"

他没有工夫听她把话说完。她后面的话语义含混，从他的耳边匆匆掠过。"就好像打开一个旧木箱子，里面装着你多年前的东西，于是你就使劲地想在哪儿、在什么时候你……"

"再不抓紧，我们就要误了那班船了。"他忍不住开始催促。

一架小型带顶篷的马车费力地向两人驶来，这条街在一个坡度很陡的斜坡上，马车掉了个头，然后来到他们身边。琼斯扶着她上了车。

"El puerto[1]，水边。听明白没？快点！"

行驶在鹅卵石路上，马车辚辚，一路叮当作响，顺着一个大下坡向下冲时，街道两旁的景色快速向后退去，如同电影胶片嗖嗖地从放映机里穿过。他将头和肩膀都斜出马车，眼睛盯着前面的路。

"到了，我看见马路到头了。总算到了！"

随着两旁的建筑物纷纷退后、散开，他们来到了码头广场上，他便"腾"的一声站了起来。

"怎么看不到船！船不见了！"

等不及马车放慢速度靠边停车，他便跳下车，跑上栈桥。那条肚皮发黄的黑色杂狗仍然懒洋洋地靠在那里，同样的一群游手好闲之人背靠着货仓墙壁打着瞌睡，帽子低压到眼睛，两腿在地上伸得长长的。眼前的景象和刚才一模一样。

然而，拍打台阶底部的海水绿莹莹的，明晃晃的，空荡荡的。

从港口锚地往远处望去，一柱黑烟迤逦前行，仿佛在半透明的空中拉出一道伤疤，痕迹越来越淡，以难以察觉的速度缓缓行驶在海天交接的地方。

他只好又回到她身边，好似经历了沧海桑田。确实如此。她一直待在马车里没下来。

这时，连轮船的烟囱都消失不见了。从烟囱里冒出的黑烟似纱线一般渐渐散开，游离在空中，而制造出这一景象的轮船早已

1　El puerto：西班牙语，意为：港口。

不见了踪影。

事到如今已无话可说。任何阐述现状的言语都显多余，也于事无补。四周静寂无声，间或传来绿色的海水拍打码头石块的声音，一下接着一下，单调而空洞。

两人肩并着肩，无言地站着，不知道此时身处何地，呆立在海边，身后是一片陌生的土地。

大海和四周的光线迅速黯淡下来，夜幕已降临。

滞 留

"老天！这个地方真是差劲！"那天晚上在旅馆黑洞洞又散发着霉湿气的房间里，他强压着内心的愤怒，大声嚷嚷着，"在这么个鬼地方困上三十天！简直就是被活埋！比那还糟糕。至少，埋到地里的时候，周围的泥土还是阴凉的。"

房间内有两张巨大的床，她缩成一团，坐在其中一张床上。隔着蚊帐，她的鹅蛋脸如幽灵般绰绰约约。

他踏着瓷砖地板，在房间里转了一两个弯，一只手挠抓着后颈脖。"都完了，工作也没了。他们不会让职位虚空着，等我三十天的。我本来最晚要在十号之前去就职。"

"拉里,我们身上有没有钱啊?"她欲言又止,"我们是不是……"

"我们还没到身无分文的地步,如果你是想问这个的话。这件上衣口袋里凑巧还有点钱。其他的钱都在轮船事务长的保险箱里,他们现在丢下我们,往北去了。不过我估计他们会替我们保管的。这一点我倒不担心。我担心的是,现在这样一来,我所有的计划都被彻底打乱了。我本来还对那份工作寄予厚望呢。"

"就不能坐飞机去?这样就可以按时到那里了。"

"毫无可能。"他郁闷地说,"刚才一到楼下,我便向人打听了。飞机不经过此地,这里距离航线太远。方圆几百英里都没有飞机。这种地方不值得飞机飞过来。"

"拉里,你生我气吗?"她嗫嚅道。

他没回答。不说话便是默认了。

"拉里,我很抱歉,让我们落入这个境地。"她继续挑起话头。

"那么,你为什么要这么做?"他索性直截了当地问她。

"我也不想的。"她俯首帖耳地回道。

他长长地吁出一口怒气,对她的言行不一很是恼怒。"可是,你到底还是上了岸,米蒂。那你怎么能那么说呢?"

"我不知道,拉里。我没说假话,请你相信我。我原本不想上岸的,我也没打算这么做。今天早上我刚到甲板上的时候,我脑子里根本没有这个念头。我原本想着站在船舷边,看一眼就走,或者在甲板上溜一圈，然后就回到舱里去。对了，你瞧我身上穿的衣服！我都没戴帽子，什么能遮阳的东西都没带。我离开船舱的时候就穿成这样。"

他的沉默不语表示他本人也刚刚意识到她所提及的那一点。

"那些当地人的小船里，有一艘划到我站的船舷下面。船上载着售卖品，但是没有我感兴趣的东西。就是些水果啊什么的。不过船上有一只陶土水罐，里面是中空的，肚子凸出来的形状。他一直带着这个水罐，是想用来让船上的水果保持水分，我也说不准，又或许是留着自己喝水用的。我就入迷地盯着看，盯着看，然后……拉里，我觉得太好玩了。"

"怎么个好玩法？"他追问道。

"我也说不清楚。我就记得我无法把视线从上面移开。这时，那只舢板已经在不知不觉中划到了绳梯脚下，交通船先前就停泊在那里。一开始我尽最大可能地在栏杆上探出身体。再接下来，我就鬼使神差般一步一步下了绳梯，想靠近看得仔细些，最后我就上了那只小船。我坐在船里，手里举着那个水罐，左抚右摸个不停。后面的事情我记得不太清楚。我可能问他水罐是从哪儿来的，他就指了指岸上，于是，我就叫他把我带到这里。但我不记得那部分事情了。接下来我记得的事情是，我已经到了城里，在这个干旱的陆地上到处闲逛。"

"从头到尾整个下午，在你待在岸上的时候，你到底有没有想到过我？有没有想到过轮船，嗯？你知不知道船到点就得起航？知不知道我在船上等着你？"

"我似乎把这一切都给忘了。我身不由己。我带着一种奇怪的感觉，就这么走啊走啊。你有没有遇到这样的情况：有个词就在你嘴边，你马上就能想起它，可你就是想不起来，而你每次想到这个词时，同样的事情都会发生。瞧，就是这种感觉，既折磨人又让人期待的感觉。只是，这个事情在我记忆的边缘，而不是在嘴边。它仿佛把我大脑里的所有思想都赶出去，可又无法接管自己，无法成就自己。就这样，我大脑里一片空白，六神无主地四处游荡。"

"你要是问我的话，我的看法是，那是中暑了。不戴帽子到处乱走的结果。"

"不是的。"她弱弱地为自己辩解，"是我记忆边缘的东西。后来，当我看到这个陶土小玩意儿，这个塑像，就在你找到我的店里，我就再也无法从它身边离开。时间静止了。每次我想把它放下来，我的手就再次伸出去，又把它拿起来。它好像要告诉我什么事情。"

"告诉你什么事情？"他忍无可忍，冷言奚落。

"拉里，我是不是惹你生气了？"她闻言立即反问道。

"没有，你刚才只是让我觉得有点与众不同。其实，这对我来说是个谜。我从未听过这么奇怪的事情。"

寂静伴随着暑气在屋里蔓延。令人窒息的沉默。窗外的星星清晰可见，此时似乎也在愤怒地一闪一灭，仿佛在和谁斗气一般。

蛛丝马迹

日子仿佛是一连串的手铐,每一副都有二十四个单独的链环组成,将他俩牢牢地囚禁起来。

太阳升起,周围笼罩着明亮的黄色热气,蒸腾的热气穿过百叶窗页,向两人袭来。

住的地方没有自来水,但有一口喷水井。挑水工肩挑一根扁担,两头挂着装满水的沉甸甸的水桶,艰难地挪动着步子,然后将水倒入一个外侧光滑的石砌方形容器里,容器貌似玄武石质地,最初需要千锤百凿才能成型。而如今,挑水工即使没人吩咐,也雷打不动地将水挑来,因为这些人有怪癖,不仅在教会节日要洗澡,而且一年到头每天早上都要洗。

然而，尽管容器做工粗糙，一头扎进这阴凉的井水里，却是一天中能短暂缓口气的时光。

接下来，一天中剩余的时光都在漫无目的、毫无头绪的行为中傻傻地打发掉了。若把这种状态称之为真空，简直是一种奉承，因为这比无聊还要空虚得多。

夜幕降临所带来的欣慰其实只是视觉上的幻觉罢了；看似制造出暑热的耀眼日光消失了，而实际上暑气依旧未消。

每天早晨起床的时候，他会对自己说：还有三十天。过了一天后，还有二十九天。又过了一天后，还有二十八天。日复一日。大约在第十天（还有二十天），手镯出现了。他走进房间，看见她立在那里。她转身面对他，姿势很奇特，一只胳膊高举，紧紧向上夹着，贴近肩膀。

"你干什么了？受伤了？"他一把将帽子扔到一边，心急火燎地问。

她放开遮挡的手，露出被挡住的部位，第一眼看上去，好像是个已经结痂的坏疽赘疣，在她光滑的象牙白皮肤上环绕了一圈。他箭步向前，凑近一看，不由大松了一口气，原来那是一个粗笨、质朴的金属环，约有三英寸宽。上面因常年的风吹雨打，已锈迹斑斑，然而依然依稀可辨一些螺旋图案的痕迹，手镯上还间隔地镶嵌着绿松石碎片。

"你从哪里搞来的?"

"我在一扇窗户上看到的。我也不清楚,上面有样东西把我吸引过去。我每次打那里经过,走过去又转回来,再看它一会儿。最后我还是进门去了。"

"可是,你把它戴在胳膊上干什么呀?"他满脸厌恶。

"我不知道……它看上去就应该属于那里。我戴上去的时候,自己都不知道。我一直端详着,接下来它就戴在胳膊上了。"她如梦如痴地用手指划过手镯,几乎是在爱抚它。"它看上去就应该属于那里。"她反复念叨着,"而且,我不知道,我一戴上它。"她做出一个无助的手势,"我就好像无法再把它取下来了。"

"你不是打算要一直戴着吧?"他觉得匪夷所思,不由地发出抗议,"别说傻话了。只有卡菲尔[1]女人才会戴那玩意儿。好好瞧瞧,上面锈迹斑斑,满是污渍,就是个……"他伸手去摘它。

她退后一步,用手护着。

他一耸肩。"好吧,如果你想留着,就随便你好啦。不过这玩意儿看着稀奇古怪、怪诞得很。"

她慢腾腾地将手镯褪下,极其不情愿,然后握在手里久久不肯松开。百般拖延之后,最终她将手镯放进抽屉里。

他什么话都没说。

第二天,他无意间瞥见她把手镯塞回进抽屉,然后关上抽屉。

---

[1] 卡菲尔:对非洲黑人的蔑称。

这次她只是把手镯捧在手里。同样，他对此一言不发，假装没看见。

第三天，手镯又被戴到胳膊上。从此以后，再也没取下来。

经过肌肤的摩擦，镯子现在已有了光泽，看上去不再那么破破烂烂的。也许这只是他见怪不怪的缘故。不论是何种原因，手镯在他眼里已不像刚开始那么难以忍受。

这种与世隔绝的日子就这样一天天地熬了过去。

他很难确定到底是在什么时候，他第一次留意到她的心不在焉。"魂不守舍"是他自己心里给出的不恰当的描述，后来他几乎立刻就否定了这个描述，那时他意识到在她的身上间歇性地会出现某种状态，甚至连他自己都不知道该如何称呼它们，但是手边又没有更贴切的称呼来取代"魂不守舍"。

首先是眼神空洞。他在和她说话，而她压根没听进去。他得再说一遍，才能让她听进去。就是这副样子。这种现象是从何时开始的已无法追究。总之，事情已经过去了。其实这根本就称不上是个事件。简直不值得一提。

后来，空洞的眼神又出现了。他还没忘记上次的事。所以，这次他便看着空洞的眼神。于是他脑子里便闪现出"魂不守舍"这个词。又开始了。不过和上次一样，就这么一回事。哦，他对自己说，她不过是想去阳台上透透气罢了。她是想入神了。

他便再次问她："米蒂，要不梳洗打扮一下？我们不妨下楼去吃点他们难吃的米饭和豆子，随便填饱肚子罢了。"

她立即站起身回到房间里。

这也没什么,算不上是什么大事。

然而,到了街上,这种情况又发生了。

两人正在大街上闲逛,这条路和另一条相交叉。他们刚要过路口,他听到她在身后的脚步声放慢了,后来听见她没跟上来,他便转身查看。一看才发现她在距离自己几步远的地方站住不动,身子虽然仍旧朝着他的方向,但头却转向另一边。他顺着她的目光看去——在这样的情况下,任何人都会做出同样的举动——而那边空无一物,没东西好瞧。从透视的角度看,只是街道的两条边逐渐交汇成一个点。街上甚至连个人影子都没有。这条路笔直伸展出去,看不到尽头。似乎为了证实透视原理也有局限,在路尽头上方显现出一座山,宛如一道淡蓝色的背景。

"你为什么傻站在路中央啊?"他问,"你还没到阴凉地。是什么让你停下来的?"

"我不知道。我突然一下往那条路看,然后就……"

"就怎么了?"他问,扭头又看了看,和他第一次看到的一样:什么也没有。

"我不知道。"她求助般冲他眨眨眼睛,"我现在想不起来了。它又走了。可是我有种奇怪的感觉。"

在目前这个阶段,他还很迟钝,毕竟他还无法对自己不了解的情况保持警惕。"一粒尘土飞进你的眼睛里了?"他以为她指的是这方面的事情。

"等一下，拉里。"她以转移话题来避免回答。

她折回几步到刚才走过的地方。她背对着路口，他瞧见她转身然后开始往前走，似乎是在做测试。他本来还以为她是在寻找刚才掉在路上的东西，然而当她朝着他走过来，她那前视的眼神告诉他，不是的。她所关注的是占据她大脑的某种想法，而她空洞却充满期待的眼神将其表露无遗。

街口再一次在她身边展现开。她转身向侧面望去——她第一次肯定也是这么做的——然后便朝着他走来，走完剩下的那段路。"这次它就没发生。"她说。

"什么事没发生？你甚至都没告诉我第一次究竟发生了什么？"

"我的余光好像看到有什么东西在吸引我过去。正当我转过身去瞧，可就在我还没来得及转身，我当时只是正打算这么做时，我心里清楚我马上会看到一样东西，而那个东西是我以前看到过的。后来，我转过身，放眼一瞧，它在那，和我刚才料想的一样：远方的一座山。"

"你当然会觉得以前见过那座山，不可能没见过！或许你昨天经过同一个路口，也可能是前天。你的余光记住了那座山，于是……"

她舔了舔嘴唇说："以前的那座山要更深远一些。"

两人你看着我，我望着你，之间仿佛有一道屏障——一块又宽又厚的玻璃——虽然阻挡不了视线，也阻挡不了声音，却屏蔽了其他所有的交流。

最后他咧嘴一笑，结束了对峙的局面。"你真是太有趣了！"他俨然用一副不计较的口吻说道。两人并肩沿着大街继续往前走。

这算不上什么大事。只是他们沿街散步时发生的一个小小的事故而已，一个所答非所问的瞬间而已。

这就是他认定她的"魂不守舍"的开端，但这个说法很快便被推翻了。

远山的召唤

睡在蚊帐里,他一下子惊坐起来,整个人仍处于半梦半醒之间,内心仍怀有某种恐惧,梦中的恐惧被带到了清醒状态之中。直到此刻,它才开始渐渐消退,只留下一些残存碎片来证明它曾存在过,正如退潮的潮水会在之前待过的沙滩上遗落下贝壳、水汽。

那不是梦。刚才根本没有影像出现。只有某种无形的恐惧。他把头发往后捋,手上满是头皮上的汗水。

蚊帐犹如一团灰蒙蒙的水汽,笼罩着他。他撩开蚊帐,每次他都无法准确地判断帐子的中缝在哪里,非得要试探着戳好几个地方之后才能掀开。

在这个暑热难耐的夜晚，密闭的房间犹如一块黑色天鹅绒棺罩。他用手摸向两张床之间的床头柜，竖起一个在夜色里无法看见的圆圈，上面显示出时针绿莹莹的磷光，然后又把它放平。差一刻钟到凌晨三点。

这时，他看见了她。

她坐在房间外的阳台上，沐浴在月色中。宛如一尊白色雕像，静默不动，凝视着那座可恶的山。

他待在原处，观察她好一段时间。她就这样一动不动地坐了这么久，实在是太反常、太诡异了。她纹丝不动，死死地盯着看，一刻不停，完全忘了周遭的世界。和入迷般的注视不同，这种凝视更接近于出神般恍惚。

他起床，赤脚踩在瓷砖地板上。她始终未曾移动过，对身后窸窸窣窣的动静毫无察觉，似乎他远在千里之外。

他猛地收紧下唇，仿佛突然吸入冷空气似的。他吓得魂飞魄散。有一种冰冷的感觉正在触动他，一种无法言说的感觉。他说不清也道不明，更无力去反抗。他束手无策，抬起手，抓着头发不放。

过了一会儿，他慢慢地往阳台她身后的方向挪去。他在她的背后立了片刻，而她依旧没有看到他，也没有感觉到他近在咫尺。最终他将手搁在她的肩膀上，轻轻地，生怕吓着她。

她立即回过头盯着他看，五官神情依旧保持着走火入魔的状态。有那么一刻，他觉得她会认不出自己，这个想法令他胆战心惊。

这个状态很快便过去了，于是造成这个状态的原因便无心追究了。他说不出那究竟是什么。是她眼睛里的某种东西，应该就是那个。

"你睡不着吗？"他开口问道。

"我确实睡着了，可是被什么东西惊醒了。我说不清，我好像就到外面来了。"说完她又转过身往前方眺望，仿佛她无法将视线离开那座山太久，就算他站在身边也不行。

"你晚上经常这样吗？其他晚上，我睡着的时候？"他尽量让自己听起来只是随口一问，而不是刻意追问。

"我也说不清。估计是的。我肯定这样做过。有什么东西在拉着我下床，然后……然后我就到阳台上来了。"

"米蒂，我刚才观察你来着。你就盯着那个看，盯着那个东西。没看左边，没看右边，没看楼下的屋顶，哪儿都没看，就看那个东西。只看那个东西，直勾勾地看。"

"我知道。"她忍气吞声地说。

"那是什么东西？它干什么的？"

"我不知道。"

"你听到什么声音吗？"

"没听到。"她听上去语气不是很确定。然后她追问了一句，证实了她的犹疑，"你有没有听到什么？"

他不由地心里一惊。

"我猜它是在我的脑袋里。"她很快给出了说明。

搁在她肩膀上的手捏紧了一些。"是什么？"

"我现在又不知道了。每次我想抓住它的时候，它就待着不动。"

他在她坐的椅子旁蹲下身，看过去像只被驯服的狗熊。他用手指勾住她的下巴，然后轻轻地将脸扳向自己。"米蒂，你曾和我提过你发烧的事，你现在感觉还好吗？"

"我感觉很好。"她回答了问题的字面意思，这对他毫无用处。

他把声音压得很低，贴近耳朵才能听到。"米蒂，和你说件事。昨晚我俩坐在房间里，记得不？那时我大概是在看那本杂志。其实我不在看，我是从杂志的上方在观察你。你脸上有种神情，好像你是被牵引到那边，那个方向。你不仅仅把头转过去，过了一会儿，你整个上半身子都从椅子里探了出去。仿佛有什么东西在拽着你。我咳嗽了一声，你便放松下来，然后就坐回到椅子上。我看得出你没有意识到自己的行为。这听上去不是什么大事，可是……"他的声音在发颤，"你能不能告诉我那是什么东西，你的感觉是什么？"

她清亮的眼睛凝视着他，眼里满含着无能为力之感。"我能说的，早都告诉过你了。我不知道。拉里，我不知道我把脸转到那个方向，直到我突然意识到自己已经这么做了。我不知道我的眼睛在搜寻它，直到我突然发现我的目光已经落在它身上。"

他立直身子，扶着她站了起来，两只胳膊拉着她跟在自己身后。"米蒂，进来吧。别待在那里了。"他牵着她回到漆黑的房间里。接着，他走到窗户边。"我把百叶窗拉低一点。"他抿着嘴说。

"空气就进不来了。"

"我不管。我不想让你再看那个该死的东西。"

"哗啦"一声，百叶窗落了下来，将夜空分割成一道道细条。这时，他在她身后干了一件奇怪的事，一件对新婚丈夫来说很奇怪的事。他挥了挥拳头。拳头不是冲着另一个企图抢走新娘的男人挥的，而是冲着那座山，那座蜷伏在遥不可及、天际线脚下的大山。

月夜私逃

又一次从梦中惊醒。恐惧再次慢慢退潮,一把掀开累赘的蚊帐。房间看上去仍然像是一块天鹅绒棺罩。事事都如出一辙,唯一不同的是,这已是另一个夜晚。

他的目光刺破黑暗,先是在阳台上找寻她,因为他还记得上次的情况。她不在那儿。她坐过的那把细足铸铁小椅子上空无一人。这次她彻底消失了。

他穿过房间,站在阳台栏杆旁往下看。下面什么也没有,一个人影都没有。幽暗的小巷穿行在成片的瓦块屋顶之间,间或点缀着露台上的花草植物。两三点如豆灯光钻了出来,宛若哨兵在默默守卫着夜色。

她不可能在下面。半夜三更的,她跑到楼下去能干什么呢?可是话说回来,除了在楼上房间里和楼下,她还能跑到哪里去呢?现在她不在楼上。

从栏杆边回过身,他一脚踩到一个软软的白色东西上,这个东西先前就躺在地上,而他没有留意到。她的手帕,掉落在阳台上了。这么看来,她不久之前曾站在栏杆旁,就像他现在这样。

他冲回到屋内,摸索到粗笨的电灯开关,飘忽无常的灯光亮了。她的睡衣搭在床沿,垂向地板,看上去是在匆忙之间从远处扔过来的。笨重衣柜的一扇门板被拉开,她的衣服不见了,她唯一的一件衣服,她就是穿着那件衣服下了船,在不走运的那一天。

灯光只是更加坐实了黑暗早已告诉他的一切。她已离开了这个房间。她穿好了衣服,离开了此地,去了夜色中的小镇,趁着他睡着之际。

他赶忙套上裤子,走到悄无声息、黑影幢幢的大厅,接着走下楼梯来到底楼。他对答案已心知肚明,只是不敢承认而已。那座山再次吸引了她。

前台没人,他握着拳头,用力砸向柜台上的铃铛,"叮"的一记铃声刺破了寂静。不知什么地方传来拉椅子的摩擦声,一个职员睡意蒙眬、脚步摇晃地走了过来。

"我妻子是从这里出去的吗？Mi señora[1]？"他挥手比画着。

职员点点头说："Si, señor[2]，我看见她刚不久前出去了。"

"她和你说话了没？说什么了吗？"

"没有，señor，我朝她鞠躬，而她好像没看见我。我和她说话，可她好像没听见。她只顾着盯着那个方向看。"他意味深长地耸耸肩，"Salió[3]."

琼斯来到漆黑的大街上，心乱如麻。他往左看看，往右望望，根本不知道该往哪个方向走。他随意选了一个方向。四周一个人影也没有，也听不到一丝声音，除了他匆匆的脚步声。他的胸口有什么东西在越积越鼓，这不是短促的喘气造成的，也和他的奔跑无关。那是某种恐惧，深夜里的恐惧，对黑暗的恐惧，对身处异地的恐惧，对难以名状事物的恐惧。

跑过几个街区之后，他再也抑制不住自己的情绪。他双手捂嘴，发出嘶哑的吼叫，毫不掩饰地发泄出内心的恐惧。"米蒂！"凄厉的叫声回荡在街面上，打破了沉睡的夜晚。

他心里明白，一个成年男子不该这样半疯半狂地喊着别人的名字。他努力控制自己别再喊出声音。

"米蒂！"他抑制不住地又喊出了声。

---

1 Mi señora：西班牙语，意为：我的太太。
2 Si, señor：西班牙语，意为：是的，先生。
3 Salió：西班牙语，意为：出去了。

他猛地振臂挥向空中，硬生生将第三次的呼喊咽了回去。

一个人影从某个门洞里突然闪现出来，向他靠近过来，并抬起一只手举至帽盔。这个人和北方的警察不同，那里的警察会冲着高声喧哗的人咆哮怒斥，而他对白皮肤的外来者恭顺有加。

琼斯急转过身，简直是感恩戴德地匆匆迎上前去。

"一个女人。一个美国女人。你看见过她吗？她打这里经过了吗？"

"Si，señor，一个女人独自一人。她不久前刚从这里过。我站在那里盯着她的背影看了好久。我还是头一次看到那番情景。我断定她肯定是个americana[1]，因为我们这里的女人不会大晚上的一个人出来。"

"帮我找到她。我对这里的路况不熟悉。"

"Servicio, señor[2]！"他再次用手触了触帽子，于是两人一起出发了。

琼斯满脸豆大的汗珠，天热加上奔跑只是部分原因，更多的是因为心急如焚。

他心里明白，折磨煎熬他的并不只是担心她会出什么事情，身体上会受到什么伤害。真正令他胆战心惊的是她行为的诡异性。

他们到了那里，一时间踌躇起来，不知何去何从。

1　americana：西班牙语，意为：美国人。
2　Servicio, señor：西班牙语，意为：乐意效劳，先生。

"这条路通哪儿？有多远？"

"哪儿不通，señor，就一直向前，通到山里。"

"米蒂！"他脱口而出，仿佛胸膛爆裂开来。

他们继续往前走。

四周小镇的景色渐渐衰败下来，周围都是碎石瓦砾和裸露的泥土。在一块耕地的对面，一条狗被他们的脚步声吵醒，便吠叫起来，后来就平息下去。

那个警察碰了碰他的胳膊，此人眼睛的颜色更深一些，便能穿透黑暗，看得更远一些。"她在那儿，señor，坐在那座断墙上面，在歇息呢。瞧见没，就在我们正前方？"

琼斯顿时停下脚步。"现在回去吧。我一个人过去就行了。拿着吧。"他掏出钱包。

"不用，señor，我啥事都没做。"

"拿着吧，别推辞了。"

他朝着她走去。她宛如墙体的一部分，纹丝不动。她侧坐着，一条腿高于另一条。一直这个样子，不管是坐着、走路，还是歇着的时候，她似乎就一直那样看着，盯着那个看。除此之外，没有别的状态。

"米蒂。"几步之遥，他便轻声呼唤道。

她转过身。和先前阳台上的反应相同，一副认不出人的样子。

"米蒂，你还记得我吗？"

"哦，是拉里。你从哪儿钻出来的？"

"从旅店。从我俩的房间。"

她仍待在原地不动，攀附在墙头上。这时，他的手摸到了她的手。"你的手怎么抖得这么厉害？你瞧，在我手心里跳舞呢？"

他咽了一口唾沫，实在无法回答。

"拉里，你为什么这么怪怪地看着我？你的脸色真是苍白。"

他凑近到她的面颊边，恳求道："米蒂，那是什么？告诉我，那是什么？"

她如同一个懵懂无知的孩童般看着他。

"米蒂，这个状态在今晚之前就出现过。情况变得越来越明显。我没法引经据典。但我知道怪异和不怪异之间有一条分界线。我也知道现在你在线的这一边，而我在另一边。"

他用脑袋抵着她的头，神情哀怨。然而，这个比方依然奏效：她看着这一边，而他看着相反的方向。

"让我帮你解脱出来，米蒂。我不在意那究竟是什么东西，有多奇怪，有多坏，什么东西我都不在乎。可是，你得说出来。我可以不看着你的脸，如果这样能让你更容易说出来的话。我就保持现在看的方向，和你相反的方向。你以对待丈夫的方式和我说。我俩之间没秘密，没有保留，不分你我。我俩是一体的，就在此地，在这座墙头上，在月光下。米蒂，别让我这样。我现在怕得要死，怕那些我以前甚至都不知道曾经存在过的东西。"

懵懵懂懂，她的脸色依旧是一副懵懂无知的神情。当一个孩子听到大人说话，但又不知所云时，脸上便会出现这样的茫然。

"是什么驱使你出了门？你本来想往哪里去？"

"我不知道。我就是觉得被什么东西给拽着。就好像随波逐流的样子。"

"你难道没有意识到每走一步，都会让你远离我们的房间、远离我、远离你应该待的地方？你不知道这根本就不该发生的吗？"

"我……我没有考虑到我身后。我只想着前面。"

"可是，你打算什么时候回来呢？"

他看出来她绝望地想努力给出答案，却徒劳无功。她无须多说，便给了他答案，犹如一把刀戳进他的心窝。她没打算回来。她也不会回来。幸亏他把她抓了回来。

他发出痛楚的叫喊："哦，他们为什么不派那条轮船过来把我们接走。这个地方有股阴气！"

他将她从墙头上抱了下来，然后仍然抱在手里，转身离开。

"拉里，我很重的。我自己能走。"

"不行。我要确保把你带回去。"

他们开始了漫长的返程之途，两人走得很慢，路上压满了车辙印。由于身上的重荷，他的腿变得僵直起来。然而，即使眼睛没有看她，他心里依然明白，这一路上，她的头都扭转过去，爬在他的肩头，盯着那座山。

求 诊

当地的医生皮肤黝黑,油光发亮,一头黑色的头发剪得短短的。他身穿一件粗亚麻布西装上衣,里面是一件杏黄色丝绸衬衫。与其他部位相比,衬衫紧贴在身上的部分颜色显得更深一些。琼斯在一旁焦躁不安地来回踱步,而听诊器一会儿摆在这儿,一会儿摆在那儿,一会儿又换了个位置,像只小甲虫在她身上蹦来跳去。

椅子往后一拖,医生站起身来。他向琼斯走过去,手里握着小包。两人转身一起走到门外,来到光线昏暗的大厅里站住。

医生先放下手里的小包。他无可奈何地耸耸肩。"Señor,她什么毛病都没有。您为什么要叫我来?发生了什么事?"

琼斯比画说:"她跑出去了。一个人跑到大街上。一个时辰之前,大半夜的。"

医生擦擦手。"没病。什么毛病都没有。"

"可是,你不明白……"

他一下子止住,越过医生的肩膀,瞪着他们刚刚离开的房间。她已经下了床,围上一件薄薄的裹裙,迤迤然走向阳台。天色一点一点亮了起来。东边的地平线上,天空渐渐变蓝,山就在那里,仿佛沿着山廓刚点燃起煤气,火苗摇曳闪烁。

他一把拽住医生的胳膊。"快看,现在又来了。一直就像那个样子。"

"阳台上的空气更新鲜一些。"

"不是的。La Montaña[1],总是La Montaña。每天晚上,明白了吧?"

医生笑了笑。"那座山把她迷住了?"

"把她勾过去了。她一直想要过去。能不能帮帮我?能不能告诉我那叫什么?"

"可是,这没什么呀?这不算是病。好多年纪轻的女人都像这样,成天恍恍惚惚的。她们脑子里就知道想东想西的。不过是诗歌的一种表现形式罢了。"

"她想去那儿。她要我带她去那里。"他反复地用手指指着那

---

[1] La Montaña:西班牙语,意为:山。

个方向,好让医生明白他的意思,"在你来之前,她提出要我带她去。她跪下来恳求我。我以前从未见她那副样子。"

医生噘着嘴,若有所思。"这一带沿海地区的气候相当令人难以忍受。换个环境或许对她会好一些。"

"可是那后面是什么?我一个人都不认识。我不知道该去哪儿。带个女人哪儿也去不了,不是吗?"

医生指着远方。"那后面,别去。在山那一边,是一个 tierra desconocida[1],一个不为人所知的地方。没人去过那里,男人、女人都没去过。就连政府,也不知道那边是什么。可在这一边,就过去一点点路,就能到山势高起来的地方,去那里是可以的。会凉快些。"

他取出一张卡片,开始在卡片背后写字。

"我有个朋友在那边有个咖啡种植园。你们国家的人,美国人,和你一样。他时不时会下来到海边办点事。你去找他。他一定高兴见到你,他会招待你们。"

他把卡片递给琼斯。上面写着一个名字"马洛里",名字下面还写着"秘密庄园"。

医生拍拍口袋。"你们到了那里,给他点钱。他高兴接待你们。"他拿起包转身走了。

接着,还没走一步,他又停了下来,再次说道:"别一直走下去。

---

[1] tierra desconocida:西班牙语,意为:未知的地方。

别走到那边去。到了那里就回来。"他指着卡片警告说,"你听懂了?"

琼斯点点头。"不到那一边去。一到那里就回来。"他低头打量着卡片,心事重重地用卡片拍打着另一只手。然后他抬起头冲着医生的背后喊道:"为什么只能到那里?为什么不能再远一些?"

医生早已没了踪影。他已经转过了走廊的拐角。

琼斯愣愣地站在那里,望着空无一人的长长的走廊。

别去另一边。只能到那么远,不能更远了。犹如古老传说里的黑色魔法施展了妖术,在地球表面划了一道无形的界限。

他回到屋里阳台上,回到她的身边。此时她正坐着,但目光依然看着山的方向。他把手搭在她肩上。"你还是想去那边?"

她飞快地抓住他的手,按在自己的肩上,生怕让它逃走。

"他认识那边的人。我设法和他们联系上,看看我能不能做些安排。米蒂,你要是一心想去,我们就去。"

对他而言,最糟糕的反应莫过于她"蹭"地一下要从椅子上站起来。他只得两只手都压在她的肩膀上,这才制止住她。

他苦涩地眺望着那边,微曦的晨光中,它森然耸立,沐浴在重新调色的色彩中,光芒璀璨。"该死的,你赢了。"他恨恨地小声嘟囔,"不论你到底是什么身份的人。"

马洛里

一列窄轨小型火车艰难而费力地向上爬着，车行进了几个小时，随时都有趴下来的危险，终于，喷出一口蒸汽之后，列车彻底趴窝不动。车到终点了。停车仿佛是临时起意似的，比起停在只有孤零零一间露天棚子的林间空地，这里还是稍胜一筹。剩下的路便是向丛林之墙慢慢挺进了。

琼斯毫不耽搁，立刻站起身下车。车厢一侧是敞开的，座位呈纵向放置，和一些老式的夏季开往北方的有轨电车一样。他搀着她随后下了车，两人伫立环顾四周，一时茫然无措。

一个男子正朝他们迎上来，带着一副笃定的神情，毕竟只有一班火车进站,而车上也只有一对旅客需要接站。

他的皮肤是当地人的暗棕色,不过待他走近后再仔细看,发现他的五官特征与美国本土人更为契合,这一点倒是和医生的说法一致。只见他下身穿一件灯芯绒裤子,上身着法兰绒衬衫,头上戴的毡帽几乎看不出形状来,仿佛一直浸在水里一般。

"琼斯先生?我是马洛里。很高兴见到你。"

两人简洁有力地握了握手。他身上没有什么特别之处,不论是衣着还是别的,但琼斯还是一眼就喜欢上了他。马洛里自始至终眯缝着眼,看来这个习惯是改不掉了,而眯着的眼睛透出坚定和热诚,也透着自信。

"这是我的妻子。"

马洛里并没有抬起帽子,只是冲着她倾斜了一下一触即塌的帽檐。

显然在她眼中,周围毫无生机的环境比马洛里更有趣。她客套地微微一笑,便兀自入神地打量起四周来。

他把注意力又转回到琼斯身上。再说,他不像是个能和女人从容相处的人。"那么,我看我们可以出发了。你们俩都会骑马,是不是?"

"哦,它不在这儿?"

马洛里温厚地一笑。"还远着哪。还有差不多一半的路。这里只是低地地区。"他领着他俩走到另一边,那里在遮天的林冠之间有一道缝。"从这儿便可以看到它。"地势逐渐不断地升高。"看到植被线停止、褐色泥土开始的地方了吗？那就是我们要去的地方。就在那边上。"

"这段路不近啊。"琼斯忍不住叹道。

"最后一块开垦出来的土地。跟着我们走，没事的。"

当马洛里和他说话时，琼斯暗地里观察着她。她很开心，他能看出来。她浑身上下喜气洋洋。这件事当中有什么东西令她开怀不已。身边的景色令她开心，他令她开心（她主动挽住他胳膊的举动便能说明了这一点），所有的一切都令她开心。自从他们下了船之后，她比任何时候都更像自己。这一点才是最重要的。

不知不觉地，他叹了一口气，内心将信将疑。

马洛里吹了一声口哨，一个"男孩"牵着马应声前来。这个称呼是严格按照职业来界定的。这个"男孩"很有可能比他们两个还要年长一些。马洛里只向琼斯做了介绍。"这是帕斯夸尔，我们那里的人。"帕斯夸尔脸上咧开一道牙齿的白光。

一行人上了马，排成单列出发。队伍行进在土路上，路宽不过是一辆独轮车的宽幅。帕斯夸尔打头阵引路，其实这有点多此一举，因为他们被密不透风的丛林围个水泄不通。接着是米蒂，最后是两个男人压阵。

两人有一搭没一搭地聊着。

"有多少人像这样出来拜访过你？"

"没多少。这里没什么能吸引他们过来……你妻子是个相当出色的骑手啊。"

"希望我也能骑得和她一样好。"

"再往上走一点,路就好走些,那里的树没这么密了。"

终于,他问琼斯:"你们到这儿来是为了差事?"

"我的差事还在北方的旧金山等着我。我应该说,曾经在等着。我们在波多港误了船,只好等下一班。"

马洛里同情地瞅了他一眼。"你觉得波多港怎么样?"

琼斯充满表现力地用手指在脖子上一划。

马洛里肃然点点头。"这一点我和你的看法一致。我也受不了那个地方。足足有一年半没去那里了。"

不同寻常的活法啊,对一个白种男性而言。琼斯打量着他,暗暗思忖。他想知道马洛里来这儿有多久了,但他最终还是没问出口。

在整个长达三小时的骑行过程中,两人的对话统统加在一起也就这么多了。

三人并排骑着马,迈着小碎步,进入到平房前面的围场或者场院里。天色刚刚暗下来,但与波多圣托相比,天黑的时间要晚得多了。

"这里的地势高一些,夕阳日照时间也就相对长一些。"马洛里解释道。

帕斯夸尔下了马,其他三人也跟着下马,把马儿留给他照看。

周围笼罩在蓝色的雾霭之中,因而琼斯无法看清楚四周。他只能辨别出在他们面前有一幢微微发光的白色建筑,屋前是一排木头门廊,大门敞开着,从门里和百叶窗缝间泄出黄绿色的油灯亮光。一个印第安女人在门廊台阶上弄出好大的动静,手舞足蹈的,口中还念念有词,却不知所云——显然,这是马洛里的管家前来迎接客人。另一边是几间七倒八歪的房子,称作jacale[1],或者是大宅旁边的小披屋,还有竹编品,甚至还有空汽油罐子和货箱,上面盖着棕榈叶和芭蕉叶——显然,这里是工棚。大宅对面另一边是场院的第三条边,那里是一长条屋棚模样的建筑,上面是波纹锡皮屋顶,有一部分被用作马棚,剩下的部分被当作仓库,用来存放麻袋装的新鲜咖啡豆。抬头向上望去,山边璀璨的群星密布夜空,低悬在空中,仿佛伸手可触。

"快请进,一进来就能发现不如人意的地方了。"马洛里以其特有的生硬方式邀请客人进屋。

门廊一进去,便是一间阔大的房间,将格局不规则的一楼一分为二。另一边的侧翼显然是马洛里的私人空间。

"你们的房间在这一侧。"他边说边带着他们往一侧翼房走,"我们不太喜欢这里。你们多包涵这里的条件。"他打开一扇门,露出一个光线昏暗的房间,里面是木头地板、木头屋顶,房内几乎空空如也,除了一张朽败的红木大床和一个矮柜,上面放置着一盏

---

[1] jacale:西班牙语,意为:小茅屋。

豆光油灯。

"饿了就出来。"马洛里说罢,便退回到大厅里去。

琼斯环视一圈四周,然后看着她。

这里与酒店相比,略显寒酸了些,仅此而已。她一直在深呼吸,恍若再多的空气她也吸不够,恍若这是与她息息相关的东西,而她与之分别已久。

他试着扭动油灯的旋钮,把光线调亮一些。影子的线条浅淡下去,而光线的宽幅则增大了。她的脸庞亦随之愈发清晰明朗。一双美目秋波盈盈,顾盼生辉;一扫原先在海岸边时蒙翳的阴霾。此刻,她的脸上带着罕见的神情,连他先前也极少见过:她笑了。

泉　眼

　　他们一进屋子，琼斯便留意到餐桌旁有四个位置。他估摸第四个座位肯定是留给马洛里的某个助手，或许是他手下的工长或者监工之类的。可是，待三个人都坐定，那个位置依然空着在。

　　马洛里独自撇嘴一笑，仿佛在暗自窃喜什么。"害臊了。"他没头没脑地咕哝一声，"我得进去瞧瞧……这里能见到的人不多，要是独处的时间长了，就开始变得怕见生人。"

　　他站起身，走向与他们刚才出来的地方对面的那扇门，还隔着一段距离，便开始大喊，喊声回荡着："克里斯！"

　　他儿子，琼斯心里猜想。他可以从语调中听出来假装不耐烦的语气里带着父亲的骄傲。

大伙儿都等着。门口出现人影的时间稍长了片刻,马洛里便回到座位重新坐下。这时,一个可爱单薄的身影站在了那里,踌躇不前,拿不准自己是该向前还是该立马消失。

从衣服款式上看,是个男孩,可从衣服穿在身上的样子判断,是个女孩。她或许芳龄十八,神态却似十六岁,而举止像个十四岁的豆蔻少女。女孩一头金发、一双蓝眼睛,而米蒂乌发黑瞳。两人均在颧骨上端长着星星点点的蝴蝶斑,分布在鼻梁两侧。雀斑并不稠密,因而不太显眼,恰似阳光在她白皙面庞上洒上金色花粉。

她的个头已然长足,但身量仍保持稚嫩的单薄,假以时日,将日渐丰腴。据目测,一只胳膊便可以将她的纤纤细腰揽在怀中。

姑娘浑身洋溢着青春气息,令人惊艳,而她却偏偏美不自知,只是绝世独立于门口,任由众人欣赏。她是蓬勃朝气的化身,睥睨顾盼。这种状态与年龄无关,而是她的心态使然。

"快进来,克里斯。"她的父亲在鼓励她,"这些人不会吃了你。"

她迈步往前走。

"克里斯,这是琼斯先生和太太。"马洛里做了介绍。

"你答应过的。"她生气地说,隐约带有一丝责怪的意思,但又极力不想让别人听出来。

"哦,我忘了。"他支支吾吾地说,"对不起……克里斯汀。"

白皙的面庞刹那间加深了，接着变成绯红色，满颊飞霞，然后又褪了下去，恢复成原来的样子。"克里斯是男孩子的名字。"她仍然耿耿于怀，"小时候这么叫我没关系，可……"

　　马洛里煞有介事地点头附和。"确实如此，我懂你的意思。何况你如今是个亭亭玉立的大姑娘了……"

　　"克里斯汀这个名字很好听。"米蒂连忙解围，"我以前就认识一个女孩……"她开始与她攀谈起来，渐渐地让她的情绪平定了下来。

　　翌日清晨，晨雾依然缭绕在梁间院外，而当他一睁开眼，便看见她早已起床，四下走动。在这个海拔高度的清晨，凉意沁人心脾，空气里弥漫着蕨类植物和朝露的味道。

　　"好多了，是不是？"他兴高采烈地和她打招呼，"在那个大蒸汽锅里，我们一直待在里面闷着，直到现在才算解脱出来。我真是庆幸那天晚上去叫了那个医生来。"

　　"你快点。"她说，"想不想和我一起去骑马？我刚才已经出去过了，昨天和我们一块骑马上来的那个男孩，此刻正牵着两匹马在遛。"

　　他的两只脚在地上摸索着找鞋，他停下来用手抵住酸痛的后背。"昨天骑马，到现在背还僵硬着呢。可话说回来，消除背痛的最快方法之一就是今天再骑它个腰酸背痛。"

两匹马已在门外候着,帕斯夸尔立在马中间,脚上没有穿鞋。他本以为现在还早,没想到一眼瞅见马洛里赫然站在门廊上。

"我说,这是要去骑马?要不要我派帕斯夸尔陪你们一道?"

"不用,不必劳师动众的。再说,你还需要他留在这里使唤。我们出去转一圈,四处走走就回来。"

她早已端坐在马上。她往后一甩披散的秀发,青丝如瀑,长发飘飘。"快点,拉里,别磨磨蹭蹭的啦。"

"我刚起床,眼还没睁开呢。"他龇牙咧嘴地说。

她猛地掉转马头,兀自策马疾步小跑起来。她的倩影和坐骑的雄姿在地面上投下一块巨大的蓝色影子,背后玫瑰红的雾气氤氲,朝阳尚未升起。

马洛里用一副极不自然的、假装漫不经心的口吻说:"最好还是不要离开 finca[1] 太远。庄园足够大,够你们的马跑了。"

琼斯正脚踩马镫意欲上马,听闻连忙停下。"为什么?"他问,"有什么特别的原因吗?"

"哦,没有,没有什么特别原因。我就是刚才想到你们还没吃饭就骑马出去,肯定不想走得太远。毕竟,在山里空气清新,走着走着就忘了距离了。"

琼斯感觉到这只是他的托词,但此时没有必要耽搁时间和他细究,因为米蒂几乎已经看不到影子了。

---

1 finca:西班牙语,意为:庄园。

他费了好一番力气才追上她,刚和她齐头并进,他气咻咻地说:"我说,我们俩是要结伴骑呢,还是分头骑?"

"怎么啦,我可是一直为了等你,才没放开骑的。"她颇为不屑地说。

"哦,原来如此,瓦尔基里小姐[1]!好吧,得努把力跟上才行呀。"他猛地策马往前一蹿,马儿扬蹄奋进,身后尘土飞扬。而她转眼间就超越了他。

"想努把力跟上?"等她再次放慢速度好让他赶上时,她冷言相讥。

"你从哪儿学到这么棒的骑术的?"他气哼哼地问道。

"弗雷德里克斯教我的。"

他立马不再追问下去,每次一提到这个名字,他便毫无例外地止住话由。

"瞧。"当马儿漫步前行时,她说道,"还是值得出来走走看看。"

太阳渐渐升起,大地光影斑驳,呈现出奇特的光景,给人一种不真实感,就像是从台前脚灯后的昏暗之中看着置身于彩色聚光灯下的舞台。两人已到了山坡下,其实已经在爬坡的半道上,太阳仍未照到山顶,他们四周的树荫依然是雾蒙蒙的蓝色,间或到处夹杂着肉色的裂缝。其实在他们身后或者下面的数英里之外,

---

[1] 瓦尔基里:Valkyrie,北欧神话中奥丁神的侍女,她骑马出巡,有时化作天鹅奔向战场。

早已是烈日当空,炙热的强光倾泻而下,眼前异彩纷呈:珊瑚粉色、紫红色、洋红色、金橙色,犹如溢光的琉璃砖,又如七彩的绗缝被,色彩斑斓。

两人继续前行。当然,根本就没有什么现成的骑行马道,他们一路上得临时决定往那边走,不过相对来说,路还是好走的。不知不觉中,他们已爬到这座深山老林相当高的地方了。

"现在照到那里了。"她说,"瞧。阳光洒下来了。"

阳光照在山顶上,像一座喷泉,在山坡上洒下一道道白色、银色的光芒,一瞬间,所有的阴影被一扫而光,直到夜色降临才会重现出来。

他眯着眼看了一眼,转过头说:"唷!刺眼得很呢。"

和在沙漠里一样,热气几乎就在一瞬间扑了上来。与他们从海岸边逃离出来的又湿又闷的暑气不同,这股热气干燥而灼热,先是被山旁干旱而多石的土壤和岩石所吸收,现在又释放了出来,就像是炉子里的砖块,吐出的蒸汽令空气也为之颤抖。

她转身指着身后下面的山坡。"快看,看我们走了多远。往后看,你几乎能看到整个 finca 就在我们脚下。看那儿,看到他们的小帽子了吗?他们在那里采浆果。看着就像大头针一样。你还能看见宅子的屋顶,旁边那些小小的东西肯定是工棚。这种感觉就像是拿到了望远镜,从另一头看出去一样。"

"我们还是现在就回去吧!他说了,不要……"

"不要干吗?"

"我们还没吃饭,就不要在外面待太久。"

她小嘴撅得高高的。"我不想吃饭,只想再骑一会儿,行不行?现在还早着呢。求你了,再骑一刻钟。"

他没有反对,但是他的默许多多少少带着不情愿。四周的景色和地形在阳光的照耀之下如钻石般清晰透亮。刚才还觉得马洛里临别前的那番话是话里有话,暗含警告的意味,这个念头现在看来似乎有些滑稽可笑。也许他只是单纯地担心他们俩会迷路,毕竟初来乍到,又没有人陪同。

转念间,她早已策马往前走了。他从后面端详着她的背影。她骑在马上,头微微往后仰,目光打量着刚才还遥不可及但此时已近在咫尺的山头。她目光专注,与她在海岸边房间的窗口和阳台上眺望的神情如出一辙。不过在这里,她的样子没那么令人不安了,因为一方面,她往前看的神态更自然,另一方面,骑马这个动作本身使得凝视不再显得那么呆滞、忧郁。

他的马开始嘴吐白沫。他一拉缰绳。"米蒂,走得太远了。"他冲着她喊道,"我们回去吧!也该给马饮水了。"

她没有回头,只是满不在乎地挥挥手,示意他不用多虑。"翻过下一个小山头,下面的山谷里就有一眼泉水。马儿可以去那儿喝水。快点跟上,我指给你看。"

足足过了一两分钟他才明白她的意思。或许是她信口开河的说话样子让他一时懵住了。她转进一个山体的凹进处，不见了踪影，一路上这样的凹进处随时可见。他跟在后面翻过山头，和她一起下到山谷。她一到地方，便跳下马，将马带至一处水眼旁喝水。泉水自岩层中汩汩流出，汇集成一汪小小的水潭，潺潺流水蜿蜒数尺，便归隐于地下，从何处来，回何处去。

他正准备下马，虽然有些延时，但此时他终于反应过来。他不禁大惊失色，跟跟跄跄地爬下马鞍，站在旁边看着她，胆战心惊地看着，两只手扶着马的脖子，似乎怕自己站不稳。

"你是怎么知道这里有泉水？"他的声音干涩而嘶哑。

她瞧瞧他，又瞧瞧泉水，自己也困惑了。"我不知道。总之，它就在这里，不是吗？"

"我知道它在这里。可是，你刚才是怎么知道前面会有泉水的？我们昨晚刚到此地啊！我们以前从未到过这里啊！"

"拉里，别动不动就大惊小怪的！"她宽慰道，"你头上都开始淌汗了。"

"那是骑马的缘故。"他边说边敷衍地抹了一把汗。他努力让自己提起精神来。"我猜是马洛里告诉过你，是不是？"可是，马洛里怎么能告诉她确切的地方呢？他自己都难以自圆其说。

她摇摇头。"我们出发之前，我都没和他说过话。你看到我先走的。"

"是不是你虽然还没看见，却已经听到水流的声音？"他郁闷地看着地面上细小、泛着微光的水流。

"是的,可能是吧。我……我猜想肯定是这个原因。"

她没听见,他心里明白。她之所以这么说,是为了让他心里舒服一些。泉水几乎没有发出什么水流声。即使站在旁边,也只能偶尔听见一两声"咕嘟咕嘟"的声音。

她回到泉眼边,双手捧起泉水,水滴顺着指缝间流下。"你也来喝点。"她招呼道,"水可凉了。"

"我才不喝那该死的东西!"他冲着她恨恨地挥舞了一下手臂,吼道,"这水有邪气!"

原本轻松愉悦的骑行消失无踪了。那个又开始了。那个,他也不知道该怎么称呼它,那个怪异的东西。

接下来,两人都沉默无语。每人都各自想着自己的心事。他想的是和她有关的事情,而他心里明白——甚至可以发誓——她脑子里想的与他无关。在她的心目中,他毫无一席之地。

他一屁股坐到一块平坦的岩石边上,背对着她,也背对着那汪圆圆的小水潭。尽管背对着她,通过投在面前地上的黑色影子,他能知道她在干什么,现在是什么样的姿势。她正坐在水潭边,两腿蜷着,双手抱着膝盖,眼睛朝着面前的潭水,脖子挺得直直的,略微有点后倾。他知道她必须得抬着头才能看到,那里只有一样东西在高处,那就是开阔的天空,悬在头顶的天空。她在眺望着在眼前绵延的群山顶上的山际线——至少,在看这座山的山际线。

此时，它似乎近在咫尺，唾手可得。

她就一直这么看着，看着，目不斜视。

"抓紧时间啦。"他说，"都快十一点了。再不回去就晚了。"

"我们本来还可以走得更远一些。"她喃喃地说道，"你有没有看见上面那个豁口？真想看看那里能通到什么地方去。我敢说从那里可以直接看到山的那一边。"

"得了吧。别管它了。"他语气强硬得很。

他上了马，等了好一会儿才看见她站起身，于是掉转马头，从浅浅的低洼处顺着上坡道往回走去。

他从高处回头望去，看见她正脚踩马镫上马。他打马下坡，不见了身影，一路往回赶去。又过了会儿，当他意识到她本该赶上来，却听不到追赶的马蹄声时，他勒住缰绳，转过马首，又回到坡顶前去探望。

他刚到坡顶，她的马首和她便同时爬上了山脊，然而，她远在另一端，顺着山腰往上爬，离他越来越远，而不是越来越近。他简直不敢相信自己的眼睛。"米蒂！"他扯着嗓子大声呼喊，"你在干什么呀？"

一听到他的喊声，她突然快马加鞭，奋力地向上攀爬，马蹄每踏上一步，便踢得碎石纷纷溅落。并不是马儿带着她跑的，否则它不会选那么难走的道。她才是这次壮烈之举的领头人。即使从他现在的位置，他也能清楚地看到她的双膝似剪刀般深深地夹着马的肚子。

他赶紧催马快跑,直下山谷,然后又向上奔去,朝着她的那一边攀爬,陡峭的山体横亘在两人之间,犹如一道移动带,吱嘎作响、侧身贴行。

她把他远远地抛在后面。他奋力地催打着坐骑,拼尽了全力才最终赶上她。他堵在她的侧前方,伸手夺去她手里的缰绳,逼着她停下来。她跳下马,扑进他的怀抱里,就像是一包麻袋,无精打采,任由人摆布,可她的眼睛仍向上望去,看着她奔赴的目标。

他摇晃着她的身子,试图唤醒她看向自己。"你到底是怎么了?我再也无法忍受了!它开始……你能不能看着我?能不能告诉我你到底是怎么了?"

她努力想要摆脱他的怀抱,一语不发,却执意要挣脱。

他拿她一点办法都没有。"米蒂,别动!站好了。你病了。我得带你离开这里。快点,我带你回到 finca 去。"

"我要去,让我走。我要到上面去。我要去看看那边到底是什么。"

"米蒂。"他的声音陡然紧张起来。

她的头无力地摆动着,而眼睛仍然睁得大大的。"我要去看看我们白发苍苍的母亲。"他觉得自己听到她是这么说的。"雪鬓霜鬟的夫人正在呼唤着我,我想再看看科亚特利。"

突然,他张开手掌,一巴掌扇到她脸上。

她跌坐到地上，一动不动。他低头看着，两人一时无语。这是他们之间第一次发生肢体冲突。

他向她示意上他的马，扶着她，将她放在马鞍的前部，然后自己也径直坐到她身后。然后，他便带着她下山去了，她的那匹空坐骑一同随行着。

他们再也没有交谈。回程的路上，两人的头挨得很近，却一次都没有碰到一起。

死亡之地

他走出房间，轻轻地反手关上门。他心绪不宁，夜不能寐。她刚刚睡下。他也说不准她究竟有没有睡着。很可能没睡着；在黑暗中，他察觉到在她模糊不清的脸庞上，镶嵌着两粒亮晶晶的发光体，头枕在枕头上一动不动，眼睛似乎还睁着。

他有一种奇怪的感觉，而这种与她有关的感觉他不记得曾经有过。他不想和她待在一个房间里。他想离开她，暂时地，一个人独处一会儿，或者更好的是还有个人陪着，找个可以说说话的人，像他一样，没有心机，简单直率。和他自己同类的人，待在一起能让他觉得放松，无须时刻保持警惕，小心提防对方的一举一动。

就是那种感觉。

下意识地,他深深吸一口气,接着来到了门廊上。

一个静止的身影靠在一根廊柱上,听到动静便转过头,从含糊不清的招呼声判断出,那是马洛里。正中下怀,此人正是他心仪的交谈对象。

他朝着马洛里走过去,两人简单客套几句,征询对方要不要一起抽支烟。

夜色中,借着火柴发出的光亮,马洛里关切地看着他,似乎他预感到琼斯打算从他那里打听些什么。

踌躇了一两分钟,最后他终于鼓足勇气开口问道:"我估摸你对这里的地形相当了解……呃……就在那边上坡的地方。"

马洛里思忖了片刻才给出回答。"我觉得,不比别人知道的少。"

"你知道那里有口井吗?也可以说是个小水潭,在那上边。"

"不知道,那上边没有水。那里很干旱。我还是头一次听说那里有水源。"他等了片刻,既然琼斯没有再说什么,他便接着说下去,"怎么啦?你们在上边找到了一处水眼?"

"是的,今天早上我们发现了一处。"琼斯想了一会儿继续说,"我猜这里的工人可能会知道。"

可是如果她不会说西班牙语的话,而他们不会说英语,那么,他们怎么可能告诉她的呢?

"有人可能知道。"马洛里认同这个说法,"不过我还是要重申,对我自己的地盘,我所了解的,并不比这里任何一个人少。"

琼斯看着白色的烟雾飘过门廊的栏杆,消失在夜色之中。"那么,那座山头的另一边究竟是什么?"他开门见山地问道。

马洛里考虑了许久才给出答案,好像是在斟酌措辞。"Tierra de los Muertos[1]。"他喃喃地说出这个词来,"死亡之地。这里的工人都是这么叫的。大家都说那里住着鬼怪恶灵。"

琼斯哑然失笑,而他留意到,马洛里没有丝毫笑意。

"那里的名声不好。"马洛里平静地讲下去,"每隔一段时间,就有人在那附近失踪。于是,人们便怪罪山那边。甚至还有人声称,曾在晚上亲眼看到天边上有鬼影出没,还听到鬼鼓震荡在静止的空气中。我本人丝毫不相信当地人的迷信说法,不过,确信无疑的是,不时会有人莫名地消失。"

"我看是迷了路,于是就被晒死了。"琼斯给出答案,"又或者是被野兽给吃了。等他们后来发现了失踪者,或者失踪者的尸体,那样不就能证明这和大山毫不相干了?"

庄园主没有立即回答。他轻轻摇了摇头。"那些人再也没被发现过。"他黯然低语,"没有人回来过。"

---

1 Tierra de los Muertos:西班牙语,意为:死亡之地。

烟　火

当他醒来，发现他们的房间与以往的清晨相比，显得还要令人痛苦，虽然她早已在他之前起床，并且出去了，这一点他一睁开眼便发觉了。他以为她会在门廊上等他，然而当他穿好衣服出来，在那里压根没发现她的影子。他大声呼喊帕斯夸尔，帕斯夸尔趿拉着脚，牵着一匹马，在紫罗兰色的晨光中，从场院对面走了过来。

"我的 señora 已经出门了？"

"Si, señor！"

"你怎么能让她一个人出门？"

"她说你会跟上去的。她说不用跟着，她认识路。"

他应该早点想到她会做出这样的事情,他暗自责备自己。他一刻不敢耽误,立即上了马出发,沿着两人每天都走的上坡路。

万道霞光渐渐地洒向山坡上,然而他却无心欣赏,瑰丽的朝霞映衬着他的脸色愈发阴沉。待他赶到泉水处,阳光已照亮了山头。他短暂休息了片刻,让马喝了点水。至少她已不再那么在意那个豁口了。也许在这之后,那豁口对她就失去了吸引力。

他从泉水处开始往上爬,开辟了一条新路。前面还是没有看到她的影子。他好不容易快爬到豁口,在他眼中,它就好似一个幻觉,因为从下面往上看,也就是从他刚才待的地方往上看,它就像是一道"V"形刻痕,在高高的天际线上刻下的一道凹痕。而此刻它变成了一道平常的弯弯曲曲的半圆形通道,或是说小道而已,它夹在两座高起的土堆之间,一座土堆掩映在另一座土堆之后,看起来矮小了一些。正是两座堆顶的重叠才使得天际线上显出一个小小的凹痕;然而两座土堆不是并列的,一座在前,另一座在后,一道小沟蜿蜒其间,沟不是很深,如果有人在沟里骑马而过,从他目前站的地方就一定能看到骑马人的脑袋。从这里往上,长满了低矮的灌木丛,尽管地面不平整,但已是水平面了,不再是陡峭的斜坡。山势肯定是在前面的某个地方又开始下降,一直降到那座神秘的山谷,让所有人都毛骨悚然的山谷。

他郁郁不乐地骑着马走在山道上,他和马儿的影子一起一伏,映在山壁上、灌木丛上、岩石上,还有被阳光炙烤的泥土块上。

就在这时，正当他小心翼翼地转个圈，绕过后面一个穹顶状的障碍物时，她蓦然出现在视线里。

她没有骑马，她的马正在往她相反方向的灌木丛一步步蹭过去。她跪在那里，一眼看过去，还以为她跪在一座锥形石头堆旁边。她身形单薄，无色无影，几乎玲珑剔透，而她的坐骑恰恰相反，虽然只离开一两码开外，却黑乎乎的大块头，显得突兀得很。她灰头土脸的，仿佛蒙了一层灰色的面纱，而他也说不上来是什么原因造成的，因为她的面色与周围峡谷的颜色融为一体，难以辨别，只有她的身形依稀若隐若现。

他的目光上移，发现原来不是低垂在空中一动不动的尘土的缘故，而是正在轻盈垂直上升的一样东西。那是一股从火堆里冒出的青烟。

他向她走去，看见她正打开一卷随身带的马毯，双手将其抖开，盖住石头孔口。于是，她的身形便完全显露出来，而在蓝天衬托下的半空中的青烟也随之消散，仿佛被人猛吹了一口气。这时，她再次抽开马毯，烟雾又从石头孔口中冒了出来。见他下了马，她转身和他打招呼，手里端着对折起来的马毯。神情有点倨傲。

他用脚轻轻地踹了踹看似怪异的石头堆，中间是空的，摆得很圆，仿佛是用水泥手工砌成的。四周散落着灌木丛的树枝和树干，肯定是她没有借助任何工具，徒手拔起来的。

他不解地看着她。"你烧这个干什么用啊？你冷吗？"

"不冷,我……我凑巧经过这座窑炉,就想着试试看。那些灌木好烧得很咧!"

"可是你是怎么知道那是派什么用场的?从外形根本就看不出那是什么东西,即使现在里面在烧着火。"

"我不知道。我刚才就以为是座窑炉,没当作别的东西。"她抓了一把细树枝,扔进窑里。

她看了一会儿。"火现在旺起来了。"她说,她的脑袋微微后仰,欣赏着自己的杰作,"快瞧。火窜得多直。又细又亮,像缎带一样。好好看我是怎么做的。"

她拿起马毯,抖开,盖住石头孔口。

细长的青烟陡然变短。剩下的烟段继续向上升。接着,她揭开毯子,烟又一下子冲了出来。

他轻笑一声。"你想要干什么呀?发摩斯密码吗?"

"我不懂摩斯密码。"她郑重其事地说道。她再次盖上孔口,等了片刻,又移开马毯。

"那你是在干什么呢?自己编一套密码?"

"我不会编自己的密码。"

"那你怎么知道该什么时候盖火、什么时候揭开毯子呢?"

"我不知道。我的胳膊到时候就会自己去做。"她入神地看着空中,陶醉在自己的行为之中。

"拜托。"他说,"差不多就得了。"他听上去很不快,甚至对自己都感到恼火。他一脚踢向石堆,踢散那些正在燃烧的树枝和冒烟的枝条。瞬间同时窜起一道道轻烟,但不像刚才那道烟那么粗,没等升到半空便都消散开了。明明灭灭的火星也随之灰飞烟灭。

他爬上马背,一直等到她也上了马,并领头先走,这才掉转马头跟了上去,似乎是在指导她该如何行动。

两人一前一后,顺着蜿蜒的沟壑往回走,走出沟壑后,接着打马下坡,一路无语。他既没有问一个字有关她一声不吭就独自出门的事,也没问她不顾他的禁令擅自越过泉眼上山的事。无论如何,这两件事他都记在了心里。

刚走到去水眼一半的路上,她突然停了下来。她死死地勒住马定住,向后张望。她的目光越过他的头顶,凝视着远方。他顺着她的视线转过头去看。

烟又冒起来了,在碧空如洗的天空下,一缕青烟直冲云霄,和他们俩守在石堆旁时一样的情形。一缕青烟越升越稀薄,直至无影无踪。

可是这股烟并不是他们刚才留下的。他们刚才走的时候,火已经被扑灭。

这次的烟是从后面冒出来的,是从豁口的另一边,远在数里之外。

在他看的过程中,烟明显被截断过。它仿佛是被一把大剪刀断然切断。

他们面前云净天空。

稍后,烟又腾空而来。它升到半空中,驻足不动,薄如蝉翼,影影绰绰。

又被切断了。

后来再也没有冒出烟来。

没有人动弹,两人都没动。他们等着,但再没等到烟出来,一切都结束了。

当他重新起步时,发觉有什么东西在抓着他的马鞍发抖,他低头一看,是他自己的手。

他没和马洛里谈及这件事。他说不上来有什么不应该说的,但他最终还是没说。有什么东西阻止了他。当然,他认为那是因为这一切只是他的想象,视觉造成的错觉,山区晴朗的天空呈现出的海市蜃楼,跟别人重述这件事就显得太傻了。别人听了,便不再那么看重自己。

然而,他很快又意识到,那个想法是错的。那不是自己的想象。他亲眼看到了。

无论如何,他还是向马洛里隐瞒了这件事。

奇异的鼓声

它在那个晚上开始的。

事发前是有先兆的。事后才回味过来总有点怪怪的：就在那个特定的时刻，就相隔那么远的距离，然后事情就发生了，然而在此之前却毫无知晓。

太阳落山之后一个小时，他们已用完晚饭，正在打桥牌。他和克里斯搭档，马洛里和米蒂搭档。这和种植园其他的夜晚没什么不同，他们以这样的消遣方式度过了很多夜晚。一切都和平常一样。

米蒂手里夹着一支香烟，漫不经心地看着自己手里的牌（她是摩登女郎，她是每日的陪伴，她是平常女子）。"对家，刚才打黑桃的时候,你应该把牌叫回到我手里。"

"我说过我牌打得不好。"马洛里灰心丧气地咕哝道。

克里斯从牌桌对面看了琼斯一眼,微微一笑。没有什么特别的缘由,仅仅是冲着他笑了一下。他开始意识到,每次他看向克里斯时,她都会微笑着回应。即使在她不笑的时候,脸上也会出现脉脉含情般出神的表情,令他心驰神往。他是有妇之夫,而她……唉,还是个少女。

米蒂亮牌,这一局结束了。马洛里重重地往椅子上一靠,伸手抹了一把脸,叫道:"我怎么学都学不会。"

琼斯把牌拢到面前,着手洗牌。

他正在发牌,发到了第三张牌,在发给米蒂的时候,它发生了。就在那个时刻。他发牌的手停了下来,僵在那里,听着。

他们或许和他一样都听到了,都在侧耳倾听。没有人动弹一下,也没人说话。他仍然保持着发牌的姿势。

声音微弱,似从遥远处传来,却很低沉。每两拍都能听出一个强拍。咚——咚,咚——咚,咚——咚。

他是第一个开口说话的。"那是什么?是暴雨要来了吗?"

暴风雨的声调没有那么平,也没有那么富有节奏感;不用人告诉,他也明白这一点。

马洛里稍后对他说:"那不是暴雨。声音很有持续性。"接着他又补充说:"再说,现在是旱季。每年这个时节是不会下暴雨的。"

四人又专注地听了一会儿。琼斯低头看到手里的牌,这才发现自己刚才正在发牌。他重新开始发牌,动作机械,有点不自然,好像是被强迫的。

牌发到其他三个人面前,他们都没有捡起桌子上的牌去看。他们在等那个声音停止,正如不知道它什么时候开始一样,他们也吃不准它什么时候会结束。而它一直没有结束。没人伸手去打牌。一把椅子的腿在静寂中发出被拖开的吱呀声,马洛里站了起来,走到屋外。纱门在他身后自动关上,透过纱门可以看见他的身影一团橙黄,那是他身后的台灯发出的光亮;接着他走进外面的暗色之中,虽然仍在视线之内,但身影被夜色吞没了。

好比是一列没有尽头的列车打门前经过。一节车厢过去了,你还以为这是最后一节,可下一节又过来了,又下一节。

琼斯紧接着站起身,跟着马洛里出去。

他能感受到克里斯的目光在跟随着自己,但即使没有回头,他心里也同样明白,米蒂压根没意识到他的离开,她对周围的人毫无察觉,魂早就飞到别的地方去了。

黑暗中,马洛里站在门廊立柱旁的栏杆边。虽然听到琼斯走近,他并没有回头看。

"那就是它。"他平静地说。

"那是什么?"

"鬼鼓。我告诉过你,有人声称听到过。Tambores de los

muertos[1]，我自己以前也从未听到过。"

"别说西班牙语。听上去更吓人。你认为那是什么？某种回声，或是大山里的怪声？"

马洛里没有回答。

"听上去倒是有几分像鼓声。"他挤出一两声干笑，好让对方也觉得好笑，"耍弄人的，不是吗？"

马洛里没觉得好笑。"不，不是在耍弄人。"

两人又站了半晌，之间再没有任何交流。然后，马洛里回头看了看灯光下的纱门。"进去吧，孩子要担心了。"

两人回到屋内，带着故作轻松的神情，可当男人们每次试图不让女人担惊受怕时，总是表现得过火了些。

"声音有点怪兮兮的，是不是？"琼斯拉开椅子，轻描淡写地说道。

"明天天亮之前就会停止。"马洛里笃定地说。

两人交换了一下眼神。

"可是没人在那上面。"克里斯提高了嗓音争辩道，"什么才能发出……"

"谁叫牌？"琼斯抢过话头。米蒂软绵无力地翻过一张牌看。他敢肯定，虽然眼睛盯着看，她却根本不知道那是张什么牌。

众人继续打牌，尽力不去理会那个声音。虽然都在做着打牌

---

1 Tambores de los muertos: 西班牙语，意为：来自死亡之地的鼓声。

的动作，但每个人的心里都跟明镜似的，其他三人都和自己一样，耳朵同时在听着，心里同时在想着。

鼓声从未靠近过，也未曾离远过。没有更响一些，也没有更轻一些。琼斯明白，那鼓声早晚有一天会找到他们。他们等着那声音停下来，大家都在等。而它还在响，一刻不停。鼓声平平，不让人生厌，尚可忍受，可在平平的鼓点中带着不平的音调，那一记强拍很有破坏力。一声高，一声低；一声高，一声低。

他察觉到马洛里抽烟抽得太凶了。实在太凶了。而他也发现，他本人在椅子里不论怎么坐，都坐得不舒服。每隔一会儿，他便变换一下姿势，先是跷起二郎腿，接着再换条腿跷着。克里斯打量着手里的牌，一只手把头发撩到后面去；其实额头上根本就没有头发散落下来。她时不时地瞅他一眼，有那么一两次她微笑了。但与先前笑得不同，现在的微笑里带着恐惧，稍纵即逝，与其说是热情的招呼，还不如说是惯性使然。姑娘的眼睛睁得又大又亮。

而米蒂……米蒂仍然带着一副魂灵游离的神态听着，内心在与之隐秘地结合。这让他隐隐有些不安。她看似是在想法子破译鼓声，想从表面上平平的鼓点中听出什么玄机来。

突然，马洛里手里的牌滑落下来，他的身体因为太过专注而乍然挺直，吓得克里斯低低地发出一声难以抑制的叫声。靠近屋外的某个地方，蓦然传来"嗒嗒"的马蹄声，很快渐行渐远。片刻之后，另一匹马紧跟而去。接下来，从马棚方向同时冲出五六匹马，朝着夜色奔去。

"他们在jacales[1]低地曾听到过这个声音,我可不喜欢看到这个样子!"马洛里一把拉开椅子,冲出屋子。琼斯起身追随着他出去。

场院的另一端响起婴儿的哭啼声。火把星星点点,如同没头的萤火虫四处乱撞,摇晃不定的火光下,人影幢幢,在庄园里穿梭进出。男人们大声呼唤着自己的女人,女人们唤着哭得抽抽搭搭的孩子。大批的人在往外涌。

马洛里冲到人群中,挥舞着胳膊,甚至打到了一些人的身上,试图截住人流。琼斯表现得更加英勇,他冲到前面,堵住他们的去路。而人群迅捷地绕过他,一次次地避开他,继续自己的逃亡之路。对他们采取任何措施都于事无补。他们正处在疯狂的、不理智的恐慌之中。人们纷纷快步疾走,走入黑暗之中,逃离海岸,避入茂密的森林,那里可以暂时提供比裸露的高地更为安全点的庇护所。随着他们的身影被夜色吞没,口中不断念叨的、惊恐、尖利的叫嚷声也渐渐弱了下来:"Que vienen los cocos! Que vienen los cocos!"鬼来了!死人的幽灵来了!

人群散尽,场院、工棚里空荡荡的,四下里一片寂静,唯有那个节拍打破静谧,似音非音,更像是空气的颤动。

马洛里和琼斯一道追赶着落在后面的人,却无功而返,气得咆哮着、诅咒着。

---

[1] jacales: 西班牙语,意为:庄园。

"他们把马也骑走了。"他说,"不管乐不乐意,我们都得困在这里了。当一大帮子人在同一个时间脑子里只想着一件事的时候,怎么都阻止不了他们。"

"阻止不了。"琼斯毫不犹豫地附和道,"我估计连你也阻止不了。只能把他们都捆起来,分开来捆。"

"过一两天,等那个该死的东西停下来,他们就会回来了。不过,回来的人里面,总会少掉几个人。"

琼斯用大拇指指了指身后。"是不是那个,每次都是?"

"不是的,在今晚之前,我都从来没有亲耳听到过那个声音。不过,他们可能听到过。通常会有人声称在月空上看到了鬼的影子,高高悬在天上。这样的传言就会把他们吓跑了。"

他恨恨地啐了一口。"好吧,光站在这里听也起不了什么作用。那个东西要这么响下去,由它去好了。我得睡觉去了。"

两人抬脚往大宅走去,马洛里脚步沉重,心灰意冷。

他们刚走到点着灯的门口,便看见米蒂走了出来。琼斯一开始寻思,她应该是出来迎接他俩的,打探一下到底发生了什么事。但完全不是他想象的那样,她走下门廊,一个急转身,朝着他们相反的方向走去,脚步轻快无声,如梦游般消失在黑夜之中。她不可能没看见他们俩正朝着她走来。那个时候他们近在咫尺,从屋子大门和窗户里透出来的灯光也足够照亮他们。也丝毫没有可能她会认错工棚和高地的方位,地面的坡度就足以显示出来。

他叫着她的名字，又喊了一声。她不回应，继续如幽灵般地走进黑暗，他便离开马洛里的身边，冲过去追赶她。

追赶的脚步声并没有让她加快自己的步伐，但也没能让她停下回头，即使他在追赶过程中第三次吼出她的名字。她毫不为意，似乎她所有的感官都没有觉察到他的存在。

最终，他在大宅后面有相当一段距离的地方才超过她，把她摁在一棵矮树上。他用着蛮力扳住她的肩膀，将她转过来面对自己，即便这样，她的头仍旧固执地扭向一边，朝着她前进的方向，朝着声音传来的方向。

"你这是中了什么邪？你是疯了吗？下次别再一个人像这样到处乱走，别往那边走，大伙儿都在朝相反的方向逃！"

他无法引起她的注意。她一直在挣扎着避开他，看着那个遥远而无处不在的回响。

"米蒂！"他厉声大喝，摇晃着她的肩膀，试图将她唤醒。

她口中吐出只言片语，不经意地吐出，仿佛是被他晃出来的。"他们在召唤我。"他听见她的喃喃自语，"召唤我。让我听听他们想说啥。"

他当机立断，一把抱起她，跟跄着把她带回大宅。

马洛里仍然等在门外，就在琼斯刚才跑开的地方。"怎么了？她是崴了脚吗？"

"不是，她……我看她是病了。她说着一些奇奇怪怪的话，好像神志有点不清楚。我该怎么办?"

"是那个声音造成的。"马洛里断言,"那个声音令她癔症发作或者别的什么毛病。"他为他俩拉开了门。

琼斯把她扛进屋,在那个少女惊恐的眼神注视下,回到他们自己的房间,克里斯是四个人中唯一留在牌桌旁的人。

他用脚跟关上房门,把她放下。"你到底是怎么了?"他压低嗓音,苦苦哀求,"你这么做到底是为了什么?"

他擦燃一根火柴,点亮了灯。

这时,她已摸索到床沿,并坐在上面。她平静地看着他,一副若无其事的样子,似乎什么事都没发生过。

"你还是躺下来吧。"他劝道。

他看着她将指尖轻轻地压在两边的额角上。

"要不要放一块凉毛巾在你头上?头不舒服吗?"

"我脑子一直在想。"她含糊其词地说,"哦,你能不能让我一个人静静!"

他点燃一支香烟,不耐烦地将燃尽的火柴扔到一旁。"你知道自己刚才在外面说了什么话,对不对?你那么说是什么意思?你知道自己说过什么话吗?你那么说是什么意思?他们在召唤你?谁在召唤你?"

她心不在焉地将手背朝着他的方向一推,似乎他发出的每一个声音都是一种干扰。

有人在轻轻地叩门,他将门打开一条缝,只见马洛里站在门外。"拿着。"他说,"试试这个,看看对她有没有帮助。"他递给琼斯两小团脱脂棉球,显然是从急救包里拿来的。棉球被缠在一起,拉长呈塞子的形状。

琼斯点头表示谢意,然后把它们拿给她。他将她两侧的头发撩到脑后。"给你,我把它们塞进你的耳朵里,看看是否能把声音降低些。"

她好奇地低头看了一眼,但当他利索地把棉球塞进她的耳朵时,她没有反抗。

"还能听到那个声音吗?"

她没有回答。她茫然地看着他,似乎不明白他这么做的目的是什么。

于是他把棉球塞得更紧一些。"现在还能听到吗?"

"我听到它……"她话说了一半便止住了,可她抬起手放在胸口上。

当她准备将手举到耳朵边时,他飞快地拉下她的手,不让她扯开耳塞。他陪着她坐了一小会儿,目不转睛地盯着她。过了片刻,她平静了下来,不再挣脱手腕。他扶着她躺下,等她的眼皮垂下、闭紧,也许是睡着了,也许是在养神,他便离开房间,到外面去找其他人。

克里斯故作镇静地坐在那儿,双手交叉搭在桌子边沿上。然而,紧绷的面部线条、苍白的脸色、双手不由自主地偶然痉挛——似乎是由双手摆放的位置不舒服造成的,这些迹象都说明她的镇静只是表面上的。她的头突然垂到桌子上。马洛里紧挨过去,爱抚着她的肩膀。

"宝贝,别哭。没事的,不会伤害到你的。"

在他的温言哄劝下,少女站起身。她把头往旁边一别,避开琼斯,似乎为他刚才看到自己的软弱而感到难为情。她在父亲的臂弯里掩饰着自己的真情实感。

一个奇特的想法突然在拷问琼斯。目光扫了一眼身后刚刚穿过的入门口,他心里暗想:真希望她也会哭,就像那样哭。

"我带她回房间。"马洛里压低嗓音说。他领着克里斯去对面房间。"你要好好睡一会儿。"他说,"我就坐在床边,看着你睡着。毕竟你还没完全长大。总之,你现在还小,难以承受这样的事情。"

两人进屋关上了房门,琼斯隔着门听到克里斯仍在哀叹诉苦,而马洛里婉言宽慰。"不会的,他绝不会看轻你的。无须为此烦恼。他明白事情的前因后果。谁也做不到自始至终都能勇敢面对。"

听闻这席话,琼斯不由地暗自摇头。大厅里独剩他一人,仿佛在上演一出良心忏悔的独角哑剧。

过了许久,马洛里才从房里出来,而琼斯还待在原地。彼此都默不作声,仿佛两人都默契地达成共识,不愿与人探讨交流这件事。于是,两人来到门廊,靠在栏杆上。

死一般的沉寂笼罩在 finca 上空，无休无止的颤动更突显了这份寂静。连天上各司其位的星星也恍若随之震颤起来。

"听上去更近了些，是不是？"马洛里说出自己的想法。

琼斯用手指敲打着护栏来计算节拍。"鼓点敲得更快了。你把克里斯哄睡着了吗？"

"她一会儿就没事了。我对她说我就在外面守着。"

琼斯手指继续敲着鼓点，当他意识到自己在干什么时，猛地停了下来。"我俩得想办法击垮它。"他转过头看着对方说。

"你什么意思？"

"主动迎击，干点什么。不能光站在这里眼巴巴看着。你瞧，那个东西要么有危险，要么没有。如果它有危险的话，带有攻击性，那它就肯定和人脱不了干系，对不对？是人类团体做出来的东西。你在这里住得时间比我久。想想看，那一片有什么人类团体可能会和那个远方的鼓声有关联？"

"那里没有。"马洛里直截了当地否认。

"我认为真是那样倒是个安慰，可是如果真有的话，事情会变得更糟糕。那声音肯定不是超自然现象；每一次震颤，我的胸口都能真真切切地感觉到。"

"山这边没有印第安野人，也没有印第安游牧民。这里的人世世代代在此地居家垦荒，给我干活的人就是这样的。他们自己也害怕那个东西。你亲眼见到他们魂飞魄散逃跑的样子。"

"山那边是什么情况？"

"那里是个没有人居住的山谷。"

"那么，是不是一直就被认定那边没人居住？"琼斯紧追不放，"有人过去勘察过吗？还是以讹传讹？"

"那是一块禁地。再说，勘察是双向的，也必须是双向的。去一个地方勘察，得先到那里，然后再回来。据我所知，没有一个人从那里返回过，并带回一份报告。可以说如果曾经有人去那里勘察过，那想必是无奈之举，而发现的结果也从未公开过。它们和勘察者一起进了坟墓。"

"那这里所谓的当地政府呢？那里是国有领土，不是吗？"

"当然是。可是政府好像满足于把它当作无用之地记在书面上，可以这么说吧。"

"那些飞机呢？"

"那在飞行航线之外。所有的商业飞机只飞中美洲的中心地带。有几架飞机因为偏离了航线而曾飞越过那里，但山势使得飞机必须保持很高的高度，飞行员报告说那里除了厚密的丛林，什么都没有。话说回来，即使那里有活的生物，从那么高的高度也是无法看见的。他们发现了几处废墟，但在这一带，废墟是不值钱的。甚至还比不上砖瓦的钱。"

"那个鬼怪的事情是打哪儿冒出来的？你说过它叫……"

"Tierra de los Muertos！"马洛里及时接上话说，"死亡之地。

依我看，是当地的迷信叫法。他们以为他们偶尔在山顶上看到的是武士的鬼影。除了鬼还能会是什么呢？就像我们现在听到的击鼓声。也许这只是地下暗流的水涌声，由于大山某种骇人的声学作用，时不时地会发出这样的演奏声。不管怎么说，对他们而言，那是块死亡之地，而你也无法推翻这种叫法。一旦进入那块领地，你也就相当于死了。西班牙人曾踏足勘测过那个地方，唯有这一次，他们交了一张白卷。"

"怎么讲？"

马洛里一屁股坐到门廊栏杆上，双臂抱在胸前。

"在西班牙人践踏、摧毁这块土地之前，这些地方曾存在过相当高的文明。想必你有过耳闻。相当先进的文明，但同时又是黑暗、残暴的文明。普莱斯考特会详细告诉你的。"

琼斯犯嘀咕，不知道这个普莱斯考特是何许人；或许是哪个他尚未谋面的当地商人或者种植园主。总之，他没有打断对方的陈述。

"总之，这座山谷是他们无法逾越的地方。低地对他们来说是唾手可得，而横亘的山脉形成了一道天然屏障。玛雅人的一个分支——我猜想他们是玛雅人——归隐到那里，与世隔绝，事情就是这样。'有本事就过来灭了我们呀'。早期曾有个总督，当他把沿岸地区都掌控在手中之后，立马派了一支远征军去消灭那些人。只是一支象征性的远征军而已。你懂的，乌合之众，墨西哥人，秘鲁人，杂七杂八的，什么人都有。约莫有五百人。个个军纪涣散。

反正，他等啊，等啊，音讯全无。后来他又派了一支远征军去寻找第一支队伍的下落，看看究竟发生了什么事情。他又等啊，等啊，第二支队伍也石沉大海。"

"那么，我猜他又派出了第三支队伍。"

"本来你可以一语中的。可惜没有，他没再派遣队伍。他们换了总督或者其他什么的，而新上任的那个人庸官懒政。也或许是因为他派不出人手，又或许他觉得不值得为了一个弹丸之地而大动干戈。两年之后，那两批人中唯一的幸存者摇摇晃晃地从里面走了出来。他是随军队伍中的一名修道士；那时的军队中常有修道士随行。他憔悴不堪，瘦得皮包骨头，可他竟然走了出来。他的舌头被人撕裂了，因此他无法说话。于是，人们就给了他一张羊皮纸和一支羽毛笔，想让他写下发生的事情。他费尽了力气，只写下了一行字。'Es una tierra de los muertos！'这是死亡之地。还没等从他那里获取更多的信息，他便断了气。一种看法是，他的意思是两支远征军都死了，只剩下一人，都被那里的土著人杀死了。还有一种看法是，那里根本就没有活着的人，不论是远征军还是土著人。最后这个说法占了上风。远在马德里的教会和国王起了决定性的作用。假使要派遣第三支远征军的话，军费开支就要从国王的口袋里掏出来，既然没有秘密金库的诱人传言，国王便兴致全无。教会把那片山谷逐出教区，宣称那里是诅咒之地。情况就是如此。"

琼斯的五官都皱成了一团。"太可怕了！"

"所以说，"马洛里继续往下说，"假若彼时彼地还有活人，而且按正常性别比例，一半男人，一半女人，那么很大概率那个地方今天也应当有人在，自然法则使然。假若彼时彼地还有活人，回到1500年，从那时起再没有记载有人进去过，也没有一丁点消息，无论是人是鬼曾从里面出来过，那么那个地方就应当是个小小的监牢，与十六世纪完全隔绝开来。"

"是不是有点过于异想天开了？"琼斯说。

"什么是异想天开，什么不是异想天开？"马洛里诘问，"有谁比别人知道得更多？我们对当今世界到底真正了解多少？比一百年前知道的还要少。百年前的人类至少对世界的认知确切而笃定，今天的我们却做不到。1902年，飞机还是异想天开，可到了1903年[1]……原子弹在1944年是异想天开，而到了1945年[2]……再说，1500年的印第安原住民部落与今天的印第安原住民部落相差无几，差别几乎可以忽略不计，单凭肉眼简直无法察觉到。或许差别还是有的，比如，早先的印第安人杀人的速度更快一点，他们是靠视觉判断，而不是等到被激怒了才动手；腿上套着的是成串的脚镯，而不是白色棉布裤子；头上戴着羽毛，而不是阔边草帽；崇拜的是太阳，而不是一分为二被稀释、被粉饰的天主教。仅仅有关联

---

[1] 1903年，美国莱特兄弟实现了人类历史上第一次驾机进行动力飞行。
[2] 1945年，世界上第一颗原子弹在美国试爆成功。

而已,千万别把它和差别混为一谈,比如都铎时期英格兰和今天英格兰之间的差别。不是一回事。"

"对我来说,听起来还是有点异想天开,谢谢。"琼斯大为光火,当一个人在争吵中占下风时往往恼羞成怒,"我十二岁就读完了亨利·瑞德·哈格德[1]的作品了。"

马洛里伸出手指,指向空气中的颤动。"那么,那个是……"

"你说是啥就是啥。"琼斯恶声恶气,冲口而出,"你定居在此,我不是。"

"那个东西让你心烦意乱了,是不是?"马洛里善解人意般地委婉暗示。

"不,我喜欢得很!它不就像牙医二十四小时不间断地在你牙齿上钻孔,就像在你胯下挖掘地铁隧道,就像在你脑袋上用锤子敲一记,敲出个脑震荡来。"

他猛然间垂下头,双手交错紧握着,用力压在后脖颈上,好像以此来缓解压力。

马洛里什么话都没说,只是立在一旁,关切地注视着他。

琼斯蓦然抬起头。"我没说实话。"他主动交代实情,"确实有事情与此相关,而且我对此心知肚明。我为什么和你斗嘴争吵?我为什么要否定它?就在今天早上,我和妻子骑马遛弯的时候,我

---

[1] 亨利·瑞德·哈格德:英国作家、诗人(1856-1925),生于英国诺福克郡,早年于南非求职,他创作了一系列以冒险故事及异域风情为题材的作品。

曾看见一柱烟从对面那个地方升起，深山那边，像是在报信。我把这事隐瞒了下来。我不想对任何人承认此事，我寻思，那是因为首先我自己本人都无法接受这个事实。我根本无法接受。它不停地在加码，我终于再也无法承受了！如果是我，如果是我疯了，如果是我神经错乱骑着马乱跑，那它为什么没有发生，然后便一切都了结了？"

"不是你。"马洛里宽慰道，洞若观火的眼睛半睁半闭，"别忘了，我也听到了，那时我正坐在这里。你若是看见了什么奇怪的东西，也许我也曾见过，而且我也可能对它们闭口不谈。我从未见过冒烟的信号，有可能，但有很多次当我一个人独自骑马出去的时候，我都感觉到有眼睛在岩石的背后盯着我。可我转身去看的时候，那里什么都没有。再说，我失去了多少帮工……"他愤慨地挥舞着胳膊，"他们根本没去那个地方。"

是啊，可是你的情况还是比我强，琼斯酸楚地暗想。对你而言，你可以置身事外。不必与其同床共枕，而我则不同。

两人一时陷入沉默。琼斯一步步挪下台阶，在大屋前来回徘徊。

走到一处，他停了下来，背对着马洛里，点燃一支烟，刹那间一个闪烁的橘色光环映照着他的脑袋。当光亮熄灭下来时，地面上传来轻轻的痰液落地声，就在他身边很近的地方。

他扭头仔细地看着地面。

"是你干的吗？是你吗？"他认为是另一边的那个人从栏杆上

方吐的痰,吐到了他身边。

他一个快步向前,弯下腰,仔细凝视。

"快过来。"

话音未落,马洛里早已跑下台阶,来到他身边。两人一起弯腰查看。

夜色太深,几乎看不清什么。琼斯又擦亮一根火柴,于是它赫然在目。它身形细长,伏地一动不动,只是地上的一个长条。

马洛里煞是好奇,压低嗓音和他说话,仿佛一旦被人偷听到他们的对话,便会招来灾祸似的。"你认识这个东西,是不是?"

"我当然认识。我想知道的是……"

马洛里阻止他说下去。"快把那该死的火灭了。"他二话不说,便替琼斯猛吹一口气,吹灭了火柴,"快回到门廊上去。是火光把它招引到你身边来的,我俩现在都暴露在空地上。"

琼斯把它从地上捡起来,两人直起腰,转过身,迅速回到门廊的庇护之下。"不要碰那个端点。"马洛里警告说,"上面没准有什么东西。"他打开门,迅速一挥大拇指示意琼斯。"把它带进来。我想在灯光下仔细看看。在外面没法看。"

两人进屋后,他悄悄地关上门。"说话声音轻一点儿。别让她俩听见。"

琼斯把它竖起来,用大拇指和一根手指上下抚摸着它的表面。"快瞧啊。几乎和人一样高。鬼干的,呢?"他冲着对方,一扬下巴,

"不论哪个鬼,都投掷不出这么个玩意来。"

"也许不是,可是……"马洛里将它拿过来,打量着它的长度。他的面色一沉,"这是个古代兵器。"

"你这么说是什么意思?"

"呃,我本人也不是什么考古学家,但是你仔细看看。头部是一块削尖的黑曜石。那个东西有几百年没被人用过了。在阿兹特克人[1]、托尔铁克人[2]和玛雅人时期,所有的武器都用它制造。我在港口的博物馆里曾见到过和它类似的东西,所以我对此很有把握。再看,蜂鸟的羽毛被染成大红色,那是另一个特征……"

"还是有可能是被一个现代人投掷过来的。"琼斯的声音微微发颤。

"有可能,但任何一个现代人都没有理由投掷它,不论是攻击我们还是攻击别人。在这片乡下,没有种族意识。从十六世纪开始,白人和印第安人同出同入、和平相处,到了今天很难区分谁是白人,谁是印第安人了。"

"那就是说,有一支矛从十五或十六世纪掷出,投向我们,你的意思是不是说,那只投掷的手也是来自十五或者十六世纪?"

"不是的。"马洛里冷冷地说,"在十五或十六世纪挥动这支矛

---

[1] 阿兹特克人:历史上墨西哥人数最多的印第安人,后建立自己的领地,1521年被西班牙人攻陷。
[2] 托尔铁克人:历史上墨西哥阿兹特克时期的印第安人。

的手现在已经死了。然而,我此时正手握一支那个年代的武器,我们俩都正在听着那个东西在那边震颤。好吧,现在让我们听听你的高见。"

琼斯连着做了好几次吞咽动作,搜肠刮肚寻求答案,终不得。

"喝一杯?"马洛里平静地问道。

琼斯摇摇头,用手捋了捋头发,重复了几遍,这是无言的道歉。"看来我还是回房间吧,"他讪讪地说道。"既然躺着也能听,我就不站着听了。反正它是不打算停下来了。"他接着又说道,"是不是该上个锁为好?"

"主意不错。"马洛里向大门走去,给大门上了一道原木横闩。"唯一的问题是,这就好比给筛子上锁。这些木头楔子起不了多大作用。这个房子充其量不过就是在一扇扇门上面加个屋顶而已。"

"要不我俩留个人不睡觉,先值守一会儿?"

"我刚才也想到了这一点。"马洛里完全赞同,"我留下来。"

"我为什么不能?"

"毕竟,这是我的房子。你进屋睡一会儿。我大约一个钟头以后叫醒你,你就可以替我的班,当然如果你乐意的话。"

他把一把椅子丢到门边,然后将其抵靠在门上。他推开通往他和克里斯居住区域的门,轻手轻脚地进去待了片刻。不一会儿,他背对着门,后退着出来,手里拿着一把左轮手枪,然后将门关上。"最好还是带着这个家伙傍身。"他边说,边向椅子走去,坐好,随手将手枪放置在膝盖上。"你进屋之前把灯灭了。"他说。

琼斯扭动油灯的旋钮,火光熄灭。马洛里消失在黑暗之中,仿佛是被一把蘸着墨汁的毛笔一笔勾销的。四周黑魆魆的,什么也看不见,只听到那狂暴的咚——咚,咚——咚,咚——咚,鼓点里带着胜利的意味,毕竟此时的夜晚都被它独占了。

两人在伸手不见五指的黑暗中告别时,马洛里对琼斯说的最后一句话是:"没有必要告诉女孩……那个。"

琼斯懂得他的意思。从天而降的长矛。宛若一支长矛从群星中的一颗星星上瞄准了目标,穿越了五百年,就在刚刚才应声落地。

被　俘

　　四周过于安静，他惊然醒来。一开始他还说不出来这是什么样的感受。像缺了什么东西，又像是丢了什么东西，是这种鲜明的对比让他从睡梦里清醒过来。

　　渐渐地他回过味来。鼓声停止了，彻底清静了。气压低沉，空气凝滞，犹如充满水汽的云团随时会倾倒下如注的暴雨。窒闷的空气沉甸甸地压在他的胸口上。

　　简直比另一种情况更糟糕，这俱寂的万籁。

　　他从床上惊坐起来，身体每抬到一定的高度，都会遽然停顿一下：先是胳膊肘撑着，然后是整个手臂撑着，接着上身直立，再然后转动上身垂下双腿，直到最后。整个人站在了地板上。

房间里传来窸窸窣窣的声音，仿佛一只被囚禁的小鸟拍打着翅膀，四处乱撞，企图找到一条出路。声音来自地面和天花板之间的半空中，几乎和他的头顶一样高，此时他正立在床边。他左看看，右看看，四周都打量了一番，想找到声音到底是从哪里传来的。声音消失了，接着又出现了，如呵气般的低语。

房间里还有一个人。与其说他能听到，不如说他能感觉到对方的呼吸声在伸手不见五指的空中向他靠近。

或许是……

"马洛里，该轮到我了吗？"他轻轻地问。

他伸手去够火柴，拔出一根，摸索着去找他上次放油灯的位置，就紧挨着床边。他先取下灯罩，放置好，划亮火柴，凑近灯芯，弯下腰去调亮油灯。黄色的火苗腾起，火光摇曳，映照在与油灯等高的墙面上。灯光也照亮了四周，宛如一道潮水，缓缓地滚向前，所到之处，黑暗尽消。灯光照亮了米蒂黑色的秀发如瀑般洒在枕头上，一只手臂半遮住酣睡的脸庞，静谧不动。

这一幕他已见过许多次，这是常态的最后定格，他想看见的常态。接着，他转个身，理智被击个粉碎；一幕幕狂谵的场景在不断地闪回。

他的目光突然落在如羽毛般窸窣不停的东西上。它就悬在他眼前的半空中，静止不动。是一把长尾鹦鹉的羽毛，蓬松展开，色泽鲜艳，黄色，绿色，鲜红色。羽毛的下面是一张脸，肤色黝黑，而神情更为阴沉，如噩梦般骇人。面部线条如此可怕，那简直不像是一张活人的脸，肯定是一副面具，然而，那黑洞般的眼睛机敏发光，鼻孔一张一翕。他屏住呼吸，眼前的场景令他厌恶不已。

往下看，看它是如何立在那里，找到它实际存在的基座，那是铜制人形躯干，饱满的胸膛随着抑制的阴险的呼吸而上下起伏。

他努力想弄明白所看到的这一幕，然而却做不到。那个东西在向他逼近，迎面而来，越来越大，越来越近，丝毫不畏惧他的注视。

在油灯的映照下，它丑陋怪诞的影子投在侧墙上，一只灰色的小鸟栖息在一个人身上。然而，即使是影子，也未必不真实，因为与实体相比较，影子更能被人所理解，它至少有实体作为解释。而实体本身却无法解释。

这时，他听到从大屋的另一端传来克里斯惊恐的尖叫声："父亲！他们在这儿！"那是孩子的声音。也许从今往后，她将不再是个孩子了。那叫声比恐惧更甚。那是一个小女孩在一个女人躯体里的消亡。

在他身后，他听到米蒂突然动了一下，她被叫声吵醒了。

原先组成合理性解释的模具四分五裂，此时已没有时间来理会这些最后的碎片了；新的噩梦向他袭来，步步逼退，将他掀翻在地，将他吞噬。他无助地扭打着，身上压着千斤重量，一只强健的胳膊从后面勾住他的脖子。又有一些插着羽毛的人影从门口溜了进来，鱼贯而入。他胡乱挥动的双臂此时被分别抓住，扭到身后，被绳子牢牢地捆住。他趴在地上，像根木头动弹不得，只能扭过头目瞪口呆地看着，所见的一切令他无法理解。

米蒂几乎要站起身。深陷包围之中，她惊恐万分，僵在那里，后背靠着床边的墙壁，在包围之下，她只能退到那儿。一条腿支撑着她，而另一条还弯曲着，仍放在她刚起身的床上。头发披散在一边，露出那一侧的耳朵。一只脚已经穿上了拖鞋。另一只拖鞋还空放在一边。在油灯的光线下，其他所有的一切都显得沉闷而晦暗，她前臂上的绿松石手镯发出耀眼的亮光，那只手镯她戴了好多天都没有摘下过，越戴越有光泽。它形成了一道光环，模糊了人的视线。

与克里斯从别的房间里传来的叫声不同，她的恐惧只有一小部分出自自发的剧痛，更多来自被催眠般的敬畏。尽管被按在地上，只能扭曲着身体抬头朝后面看，看着她脸上苍白的光晕，琼斯也能感受到，她的恐惧与常人预期的不同，没有那么恣意鲜明。或许，只是害怕的程度弱了一点，但是也仅仅弱了一度而已。她的嘴巴张开着，但并不是想要呐喊。她没发出任何声音，更多出自困惑，一种着迷般的关切，才使得她张开了嘴巴。她双目圆睁——露出的眼白比他记忆中看到过的要多许多——但不是因为痛苦才睁得那么大，而是因为回忆未果而造成的茫然，这使得她的眼睛怔怔地看着，一动也不动，仿佛在做梦一般。

他们向她靠近，琼斯看见他们伸出漆黑的胳膊去抓她，他们的身影遮住了他上方的视线，再也看不到她粉雕玉砌般的身姿。尽管双手被绑在身后，他在地上挣扎着，想要站起来扑到那边去，他发出声嘶力竭的怒吼，然而无人理会他发出的威胁。"不许靠近她！不许碰她，你们听见没？"他被重重地压倒在地上，他感觉到自己的脊椎几乎要被压断了，一只脚踏在他的背上，死死地按着他，脚的主人没有上前包围米蒂，而是留下来看守他。那只脚又把他踩平在地上，动作干脆利落，毫不留情。一只手蜿蜒向上，摸到他的后脖颈，像老虎钳一般抓住，把他的脑袋狠狠地往下摁。头撞到地面上，眼睛里立刻涌出泪水。直到他安分地躺了一会儿，疼痛才渐渐缓解。

就在这时突然发生了什么事情，而他由于挣扎所带来的阵痛使他未能及时捕捉到事发经过。场景发生了变化。他们都惊呆在那里，而她也一样。抢夺最凶悍的手松开了，没人碰到她。戴在她赤裸胳膊上的手镯闪闪发光。他们一步一步慢慢往后退。原先围着她的人群渐渐扩散开。那些刚才伸出去要抓她的手仍然架在空中，仍然指着她。指向前方的手指犹如车轮的辐条，而轮毂则是她胳膊上散发出的七彩光芒。

现在该轮到他们害怕了，比她刚才还要害怕。他们纷纷交头接耳，往后退了一截，又退了一截。她和他们之间保留着一个空间，一个带着迷信色彩的、敬畏的空间。

她动了一下。双手举起，把棉球从耳朵里取出来。她全神贯注地盯着他们看，而他们也盯着她看。

他们中有一个人开口说话。喉咙里发出的声音从一个人的嘴唇间吐出，是说给其他人听的。

一个女人的声音在作答，同样是喉咙里发出的叽里咕噜，但是一个女人的声音。他隐约产生个念头，这群人之中肯定有个女人。

可没有女人。房间里唯一的女性便是米蒂，他的妻子。某种小把戏，某种口技效果，让声音听起来是从墙壁那边传过来的，米蒂所靠着的那面墙。

她的嘴唇在动。现在他应该听到她在说："拉里，他们是谁？他们会把我们怎么样？"

她的嘴唇在动。他听见嘴唇发出的声音："Achini go, achini haya……"一开始就是这样说的，接着说了一大串，他的耳朵跟不上了。这声音晦涩难懂，难以入耳。

人群里轰然发出感叹声，她面前的所有人，所有就在刚才对他俩造成极大威胁的人，在她面前躬身哀求，有的单膝跪地，有的双膝跪地，有的曲臂抬肘，遮住眼睛，还有的低下脑袋，垂下眼帘，目光朝下。

她还在说着，语速平稳，却略有迟疑，似乎在尽力回忆起什么，尽力去解释令她困惑不解的事情。就在她说话间，这个他曾爱恋的说话声从他身边渐渐远去，仿佛相隔几个世纪，虽然两人处在同一个空间。然而，比这更糟糕的事情发生了。她抬手弄自己的头发，她晚上睡觉时会用一个现代的东西来固定头发，发叉或者发卡之类的，现在那个东西松开掉了下来。接下来的场景令他倒吸了一口凉气，她着手拉扯身上唯一的一件现代长袍，她的睡袍，一把扯开，宛若破茧而出。

没有人抬头，没有人抬眼看。在那一瞬间，在一屋子弯腰致意的蛮人面前，她一丝不挂，冰清玉洁，楚楚动人，甚至连他，她的丈夫，都从未见过她如此动人的美貌。他又羞又恼，本想大声呵斥，但却喊不出口。他所目睹的一切无法被理智所接受。他眼睛往上一转，张一张嘴，胸腔里发出低沉的呻吟，仍然束手躺在地上。

可她此时已迈步往前走，从她面前一副低垂顺从的肩膀上扯下一件军事斗篷或者披肩——原先是穿在一个指挥官身上的——她扯过来围在腰上，当作腰裙或者是围腰。而上半身依旧大方坦荡地赤裸着，这种原始性在世界各地都可以见到，在各个年龄都可以见到。

她返祖回到了野蛮状态，回到了黑暗时期，就在他的眼皮子之下。她的目中已看不到他，看不到匍匐在地的他。对她而言，他根本就不存在，对此他心知肚明。她的眼睛只能看见面前插着羽毛的脑袋在向她垂首致意。

他也不明白自己在向她喊了些什么，因为他的脑子已无法指挥舌头，目前只有他的心脏和脊髓才有知觉。此刻的恐惧处于最高状态，即无理由的恐惧。这一定是个梦，可惜并不是。她用手指着他，却没有转过头去看他，于是，一顿拳脚相加，惩罚他大喊的亵渎行为，让他闭嘴安静。这顿皮肉之苦足够真切。

接着，两个人过来一把提溜起他，将他从她面前拖走，倒拖着他穿过门道，进入昨晚还是大宅的中心房间——仿若一千年以前的事情了。

那里也有他们的人。这支突袭队伍肯定有四十人上下。他们燃起了几支树脂火把，用来照亮，毕竟此时抓捕已取得成效，没有必要再遮遮掩掩了。他被抛过去，撞到墙上，整个人竖着，旁边是马洛里和克里斯，他们也和他一样，都被捆绑着。很明显，这次突袭有高人指点。大宅没有被洗劫，也没被火把点燃焚烧。看起来他们的意图是保持原样，唯有一点不同，房子里将空无一人。显而易见的是，他们不想给外面的世界留下任何能证明他们存在的证据。

"是我的错。"马洛里低声说道，"我坐在门边睡着了。我当时并不真的认为有什么东西需要防范。"

琼斯一时无法做出回应。再说，又有什么区别呢？对他来说，他们被抓并不是最可怕的事情。

"你怎么抖得那么厉害？他们在里面都干了什么？"马洛里问道。他的意思好像是在说：我们处境相同。他们对你干的事能比对我干的还要糟糕到哪里去呢?

琼斯的内心有一种厌恶,而他自己也说不清楚。厌恶自己的灵魂,如果真有的话。身上似有千斤重担压着,湿漉漉、黏糊糊的,浑身上下哪儿都有,却又说不出到底在哪儿。"我不知道。"他喘着粗气说,"我看到了那些东西……不是东西。"

马洛里没明白他的意思。谁能听懂呢?"他们是真真切切的。"他冷冷地说道,"他们打身边走过,你都能感受到他们身上的热气。"

琼斯听到克里斯在她父亲另外一边啜泣。她缩在父亲的身后,避开这怪诞诡奇。

正当他们被关押在这里的时候,大宅外面正"乒乒乓乓"地打造一顶简单的轿子。轿子由四根横木搭在一起,上面盖上编织起来的树枝。一切只待完工。这时,头插羽毛的人往后退,让出一条通道,从内室直通到外面的轿子。人人屈膝、垂首,米蒂从人群中缓缓走出,神情高贵庄严。是他们的人,身居高位,或许是他们眼中的神,掌管宗教祭祀,但仍然是他们的人,他们自己人。她面无表情,肃穆庄重。而就在刚才还只是个女人……

"米蒂。"他在后面喃喃地喊着她的名字,声音沙哑。

他能听到马洛里在他身边猛地倒吸了一口凉气,仿佛受到了剧痛的袭击,还有克里斯。他听到她带着惊恐暗自嘟囔了一句:"他们连衣服都帮她穿好了。"

他们没有,是她自己穿的。

他看着她跨进轿子，安坐稳当，一副盛气凌人、不可一世的样子。轿子被抬到轿夫的肩膀上，然后举高过所有人的头顶，仪仗缓慢前进。

"米蒂！"他声嘶力竭地喊道，喊声里充满着痛苦与恐惧，"回头看看我啊！我要疯了！"

她仿佛充耳不闻。她直视着前方，那里是她的前世，他们正在把她抬到那里去。

一记猛拳挥来，打得他嘴唇、下巴上满是血。这一拳的真实用意怎么会被误解呢？它表达得再准确无误不过了，他心里也再明白不过了。没有人可以直接对女神喊话，她是至高无上的女祭司。

他的头无力地靠在马洛里的肩膀上，慢慢地把脸全部埋起来。"让我这样待一会儿。"他有气无力地说，"我实在看不下去了。"

说完，他的身体瘫软下去。身旁的那个男子无法伸手去扶，只能任由其继续往下滑，毕竟他自己的手还被绑着呢。

他瘫倒在地上，暂时逃离这场怪诞，这场他难以理解、难以承受的怪诞。

两封电报

远在马里兰州的宅子里,科特从门口退回来,手里拿着一份拆开过的电报,电报内容已写在了他的脸上。"这是弗鲁特联合航线旧金山办公室的回电。他们的船圣艾米莉亚号已经在那儿靠了码头。"

弗雷德里克接过电报读了起来:

圣艾米莉亚号船长S.S.呈报:劳伦斯·琼斯先生和其夫人不慎因故滞留于波多圣托港口。弗劳利有限代理公司。

两人面面相觑。正如他们那日在巴尔的摩轮船办事处时一样，沉默良久，心事重重。

"也许只是碰巧。"科特强行找理由，连自己都将信将疑。

"说是巧合就太过勉强了。为什么偏偏是那个港口？不是哈瓦那。不是克里斯托瓦尔[1]。都不是，恰恰是波多圣托港。我和你都去看过那个地方。那里地方不大，半个钟头就能把城里兜个遍，更不用说在岸上过夜了。肯定发生了什么事情。"

"你是说……"

弗雷德里克斯干脆地点点头。"是的，是这个意思。现在的问题是，我们该怎么办？"

科特一言不发，瞅了他一眼，等他自己给出答案。

"还有一件事需要确定一下。我们得和波多圣托港当局官员直接联系。如果在那里仍然能查明他们的情况，如果他们完全在视线之内等候下一班轮船，那么万事大吉。如果不是如此，我们就得去掌握这些情况。我马上就去发电报。"

七十二小时过后，回电来了。"用西班牙语写的。"科特把电文拿进屋时说，"还是你译出来吧。"

弗雷德里克斯边看边在一张草稿纸上草译出电文：

劳伦斯·琼斯先生及其夫人自本月十二日起无报告记

---

[1] 克里斯托瓦尔：巴拿马北部港口城市。

录。最后行踪于埃斯康迪达庄园。下落不明，恐误入丛林而遇难。

警察局长伊瓦拉

弗雷德里克斯将译文递给他，仅说了一句："现在我们知道了。"科特抬头看见他正在拨转电话数字盘，问："你要干吗？"

"定两张头班飞机票，只要能把我俩带到离那最近的地方就行。"

进　山

鬼脸部落土著人和他们的俘虏如梦游般走在上山的路上。他在队伍之中。虽已从梦魇中惊醒，但仍然无法逃脱。上山的路是他和她曾在晨间骑马无数次走过的途径，往上走就能到泉水处，再往上就是她曾向往的大山豁口，一个是非之地。

长长的队伍成单列行进，夜空下，个个低着头，蜿蜒而行。队伍气氛凝重，紧张肃静，古代打仗行军时便是如此，那时车轮尚未发明出来，战争总是一触即发。后面的人踩着前面的人的脚印，亦步亦趋，丝毫不差，不踏错半步。路上扬起低低的尘土，犹如破浪的船头所激起的水沫。

整个队伍就是恐怖的化身。他把这份恐怖硬生生大口吞咽了下去,强行消化它,为之愁肠百结。可是,恐怖往往有个中心点,一个焦点。恐怖不是这道长长的线条,如幽灵般潜行在山间,而他则被捆绑着押在队伍中随行。恐怖不是他每次绊倒或者试图脱离队伍时遭受的暴打。那些都算不上是恐怖。

恐怖是前方摇晃着的那顶轿子,以及高高端坐在轿子里的那个东西。齐肩高的轿子走在队伍最前端,即使远在队尾,他也能看清星辉下那个白色身影,脑袋半隐半现。那个脑袋没有回过头去找他在哪里。那个脑袋里没有装着他,甚至完全把他遗忘掉。那个身影心满意足地坐在那里,被动地接受了这次行程和它的目的地。

在他眼里,那才是恐怖。每次抬头看到轿子,他便哀号一声。

他们很聪明。这些突袭简单残暴,但指挥有方。他们没有使用火把来照路,否则的话,从远处看,他们就像沿着山脊往上爬的萤火虫,这样就会向山下低地的敌对文明暴露自己的行踪。他们也没有焚烧房子。等到有人回转来,会发现房子丝毫未损,原封未动,一切照旧。只是空无一人。没有任何迹象表明这里曾经发生过什么。唯有天上的星星知晓。

突然有人用英语喊他的名字。喊声来自很远的后方,从这个艰难跋涉的长行军队伍最末端的某个地方传来。声音凄厉,断断续续,担惊受怕的,在夜空下显得格外无助,他知道如果是他自己,他也会发出那样的叫声。英语——他从未意识到母语是如此的优美。他从未意识到他是如此地热爱它。他不由地想到,要是死了再也听不到英语,那可就糟透了。那要比死亡本身还要可怕。

喊的是:"琼斯!琼斯!他们把我的小姑娘弄哪儿去了?他们把克里斯怎么样了?"

接着,还没等他回答,他便听到"噼里啪啦"的拳打脚踢声,直到马洛里彻底闭嘴,再也发不出声音。他明白,如果他刚才回了话,也会招来同样的一番暴打。

他强打起精神,深吸一口气,然后不顾一切地冲着夜色大喊。

"马尔,她在前面。他们抓住她,用……用他们抬着的那个东西。她和它捆在一起,走在它旁边。"

拳头似雨点般落下,如疾风骤雨一般。他先是曲下一条腿,接着双膝跪下,然后在地上翻滚,可是他们没有放过他,像荨麻一样黏着他不放。他被拖起来站直,又被猛地往前推搡,塞进长长的队伍之中。整个过程中,他只在意一件重要的事情:那个高高在上的身影纹丝不动,安详的脑袋没有回首找寻原始夜晚中他凄厉的叫声。

他心如刀绞,暗自叹息,但不是因为他刚刚遭受的那场痛打。

他们一直往上,朝着太阳升起的方向走,在大山的另一边。天要亮了,将隔开两个世纪。阳光照耀在山顶上,那是两个时代的分界线。俘虏他的这帮人疾步匆匆,想赶在天亮之前回到自己的时间里。

他的目光紧盯着前面那个人的脚后跟。紫铜色，抬起，落下，抬起，落下。有血在往外渗。那只脚是活生生的。它留下脚印。它是真实的。它来自何方？会把他带到何处去？

这时，他们已来到了沟壑，如果把大山岩石比作肌肉，沟壑就是一道隐藏的皱褶，那天他曾跟着米蒂来到这里，看着她站在烟雾中，向未曾埋葬的过去发信号。有一段时间，她的轿子擦着地面滑过，或者看上去如此，轿子下面的轿夫行走在沟壑里，一时不见人影。看上去好似一艘小艇或者一叶扁舟在石头波浪上航行。一根羽毛会时不时地冒个头。而轿子里的身影像玩偶一样一动不动，好似变形为一尊肉身神像，纹丝不动。阳光下，空气里弥漫着金黄色的微尘，宛若经过汽化的花粉。太阳即将喷薄而出，届时光芒四射，洒向无边无际的空间。

就在这时，原本缓慢行进的轿子陡然往下一沉，消失不见了，仿佛垂直没入流沙之中。那时轿子正处于前方的一个弯曲处，正好落在他切线视角范围内，正如在一列沿着曲线行进的火车上，车上的人有时能够看见前面车厢里的人。

这是他们行军路上的最后一道弯，拐过这个弯之后，都是笔直的道路，再也没有了弯道，而他突然有了一个想法，他前面这条长途跋涉的队伍正在不断地叠缩着，人一个接一个地消耗掉，直到全部消亡，这个念头令他心惊肉跳。山体迎面升起，沟壑随之不再延续，没有人往山上走，而他与山体之间的距离却因为人数的减少而不断缩短。

不过,这只是一时的现象,因为前头那个人的肩膀遮挡了一部分视线。等他再定睛一看,发现轿子就斜放在山脉一侧的平地上,里面空空如也,有两个人脱离了队伍,立在轿子旁边,干脆利落地拆解轿子,把它恢复成木棒和树枝的原样。显然他们无意留下任何痕迹,以免泄露天机。

离他们几步远的地方,就是刚才令琼斯困惑不已的队伍消失点,有一块不寻常的石板,上窄下宽,呈三角形状,表明似乎是被刨平的,石板竖放着,靠在前方的山体上,从而堵住了去路,也截断了下陷的山脉。在它旁边的岩石表明,有一道黑色的裂缝,在大小和纹路上都与石板严丝合缝,看上去仿佛是被人从上面撬下来的。而事实显然就是如此。这道裂缝不过仅一人宽,掠夺者们得低下头才不会撞到脑袋,他们鱼贯而入,就这样将自己的痕迹抹掉。两个身材高大,略有权势的人站在石板背面,等到所有的人都进去之后,便转动石板,将裂缝封上。

在隔开日光和所知世界的界石之前,他犹豫了,这是过去和未知的深渊,令他心怀恐惧,毛骨悚然。不是出于害怕透不过气才让他动作僵硬,不配合,而是因为预感到,跨过了这个点,他将进入一个完全不同的境界,将与世隔绝,这种感觉简直比死亡还要令人绝望。

他一直盯着看的脚后跟不见了,一道黑暗的帷幕将其吞没。

该轮到他了。他激烈反抗,试图窜到旁边去。就算没人阻止他,山体的斜坡也会阻挡他的逃路。他借着冲劲,爬上去两三步,紧接着便掉了下来,地球引力把他拉回来的。一只大手抓住他被缚着的手臂,一把将他扭送回原来的地方。另一只手抓住他的脖子,把他的头狠狠按下去。他被推了进去。

岩石张开大嘴,将他吸了进去。一团漆黑。

他跟跟跄跄地往前走了一小会儿,身后显出荧荧鬼火,那是入口的地方。记忆中的光在隧道潮湿的石壁上、阴冷的石板地上泛着微弱的荧光。

光蓦然消失了,消失得太过突然,单凭越来越长的相隔距离是不可能将其抹去的。从身后光曾经在的地方传来推磨般的轰然回响声,沿着钻孔隆隆向前,入口的石板被推回原位,入口封上了。

一滴汗珠从脸庞上滑落下来,还未曾离开毛孔,就早已变得冰凉。今生已离去,前世来索命。

内政部长

波多圣托政府大楼的二楼走廊阴凉而幽暗,而外面大街上阳光炽烈而刺眼。这儿不仅仅是一条走廊,更是一个宽敞的艺术画廊,地上铺着瓷砖,头顶上是一道道石拱门。墙壁上镶嵌着一扇扇间隔不等的门,看着好似修道院的大门。事实上,这座大楼曾是宗教审判法堂。

在第一扇门的对面——第一扇门不仅位置靠前,而且重要性也居首——靠墙放着一张长条木凳,弗雷德里克斯和他的同伴坐在上面,经过连续三天无休止等待,他们整个人都快蔫了。两人眼巴巴地盼着对面那扇顽固紧闭的大门能打开,而门口站着一个梅斯蒂索[1]卫兵把守,高颧骨,低鼻梁,身穿肥大松垮的咔叽布军服,手持一把一触即发、神气十足的毛瑟枪,枪把触地放置在身前。

科特坐得不耐烦,便站起来踱步,以疏解烦闷,然后又一屁股坐回到长凳上。

"其他地方可没让咱们等过这么长时间啊。"他气呼呼地抱怨道。

"职位越高,越难登门。"

"这么说吧,我们一路找到了最上层。找过这个人之后,再也没人可找了。"他身子往前倾斜,任由双手无助地下垂,手肘与膝盖齐平,"如果这个地方只有一个美国领事我们可以找的话,我们不妨采取点行动,抨击一下这种官僚作风。"

"美国领事不会给部门官员下达命令的。再说,这个国家无足轻重,还不够资格在这里派遣领事。它和相邻的共和国合在一起,由同一个领事负责打理。"

科特听了顿时气馁,头无力地垂在双臂之间。突然,他又抬起头。

"还有什么用呢?"他说,"我们来得太晚了。从事情发生到现在,已经过去整整一个月了。"他又加了一句,"如果情况属实的话。"

"如果情况属实的话!还能有别的什么可能?"弗雷德里克斯言辞犀利,"还用和你说吗?他们从一座山的斜坡上消失得无影无

---

[1] 梅斯蒂索:有西班牙和美洲土著血统的拉丁美洲人。

踪。人人都听到了鼓声。由着别人去怀疑吧。我们应该比别人更心知肚明。"

对于这一番痛斥，科特只是扬了扬眉毛，并未多加理会。

"我看出来，你想回去了。"弗雷德里克斯转头直视着他，"我还不想。"

"其实，不是那样的。可是，万一现在太迟了，那接下来怎么办？还有什么用呢？"他一耸肩膀，又落下来，"话说回来，我们到底欠他什么？"

"生命。"弗雷德里克斯平静地说，"我们……准确地说，是我……我对他所发生的事负有责任。"

"不，你不该负责。说一千道一万，谁叫他带着她私奔的？谁叫他把她带到这里来的？"

"我义不容辞。虽然没有直接责任，但也有义务。科特，只要你想，你就可以先回去。"

科特低头看着地面，咧嘴一笑。"我也义不容辞。不是对他们，而是对你。我言听计从。"

门开了，卫兵挺身立正。一个身形矮胖、脚步匆匆的人走了出来，他身上穿着一件米色亚麻布衫，用一块手帕擦着后脖颈。此人皮肤棕色，蓄着一线尖头上翘唇髭，下巴上隐隐约约三道黑色的稀疏胡须，嘴巴里叼着一支射弹般的雪茄。他大步流星地顺着走廊朝楼梯走去，脚跟敲打着瓷砖地板咔咔作响，好似在击打响板。

从身旁经过时，身后留下混合的雪茄味和昂贵的花露水味。

"就是他。"弗雷德里克斯急忙小声说道。

"那个矮……不，不是的。不可能是他。"

"听我的，就是他。他肯定是要去午休。我们要是现在不拦住他，就得等到下午四五点钟之后才能再次见到他了。"他一跃而起，紧迈两步，凑近卫兵，悄悄打探道："El ministro[1]？"

卫兵不敢公然回答，担心会被走远的那个人听到，只是偷偷地点了点头。

弗雷德里克斯连忙追赶上前，在走廊的拐弯处追了上去。

"Ministro，占用您点时间。我们为了见您一面，已经等了三天了。"

部长说话的样子很短促，和他的步态以及作态十分相称。"啥事？"

"上个月二十四号，有四个人从埃斯康迪达庄园失踪之事。"

内政部长停下了脚步，手搁在楼梯锻铁栏杆上。"啊，是的。我想起来了。我的书案上放着一份请求，是我的下属萨缅托呈上来的。"

"您能不能……可否劳烦您过问一下此事？"

"那就还得再回去一趟，而天又这么热。我正打算走呢。"他瞄了一眼雪茄下方楼梯通往的中庭，那里骄阳似火。显然他的决

1　El ministro：西班牙语，意为：是部长吗？

断力和他本人一样，都是急性子。雪茄和脑袋突然同时掉转了方向，他转身就往他刚出来的那个门走去。弗雷德里克斯一时愣住了，丈二和尚摸不着头脑。反应过来后，赶忙跟上去。

走到门口，部长示意他退回到长凳上去。"在这儿等。我先熟悉一下报告。有些细节我已经记不得了。"

门关了，又是二十分钟无聊的等待。

"这么长时间他都在干吗呢？"科特忍无可忍了。

"我也不知道。我猜想最初的简报收集了一路上大量的补充报告，滚雪球一般越滚越多，这样他就得阅览所有的材料。官僚做派全世界都是一样的。"

门后传来含糊不清的喊声，在走廊里回响。卫兵立即靠边，打开身后的门，示意他们进去。

他们进屋的速度比部长计划的要慢，因此他的情绪大受影响。他让两人在他面前站了好几分钟，这令他们心里很不舒服。部长面前堆着一摊夹在一起的大大小小的文件，他满脸不高兴地撅着厚厚的下嘴唇，终于读完了最后一份文件。然后，他站起身来。

"请求被驳回。"他直截了当地说道，随手把文件堆往旁边一推。

弗雷德里克斯面色煞白，快速地和同伴交换了一下眼神。"可是，señor，这些人危在旦夕。当然……"

"确实，令人遗憾。可是，这毕竟只是一次意外事故。他们失踪了，可能中暑身亡。当然，如果你们有意组织一个私人搜寻队的话,可以获得批准。不过,至于你们请求的军方护送,我看没有必要提供。依我看,此事完全用不着动用军队。这里牵涉到开支,而我的部门又不是财主。说白了,我们还有别的事情要处理。Señors,这事不归我们管。"

"可是如果我们想要把他们找回来,就得需要军方护送,一支上规模的军队。"

部长懒洋洋地在眼前来回挥动着手掌,仿佛在驱赶蚊虫。"我无权按你们请求的,派遣一支内地军事小分队去无人区山谷。去攻打谁?去打什么?我们派部队出征,总得有出征攻打的对象吧。"

弗雷德里克斯绝望地把手掌按在桌子上。"可是,那座山谷不是无人区。我一直这样告诉每一个人!"

部长冷冷地看着他。"你一直在告诉我们,señor?人人皆知,那里五百年来都没有人。你们两位初来乍到的先生,怎么就认为可以告诉我们有关自己国家的事情,而我们自己却一无所知?"他停了停,让对方理解刚才的那番话。"我部署了兵力,就紧挨在那片区域。稍等片刻,我证明给你们看。"他提高嗓门,大喊一声:"卫兵!"

哨兵应声进来,立正站在门边。

"我记得你是圣胡安奥比斯波人?"

"是的,先生。"

"你知道有个地方被叫作 Tierra de los Muertos?"

"知道，先生。就在我们大山的另一边。"

"那里有人吗？有人住在那边吗？"

"一个影子都没有，先生。一个活人都没有。"

"可以了。回到哨位上吧。"等门被关上之后，他把手斜压在桌子边上，一副准备站起结束会见的样子。

"可是，他自己去过那里吗？那个哨兵？"弗雷德里克斯平静地问道。

"没人去过，没人会去那里。"部长不耐烦地厉声说，裤子的后裆已经离开了椅子，一时悬在那里不动。

"我去过。"弗雷德里克斯说。

部长的裤子回到了椅子上。"你说什么？"他张口结舌。

弗雷德里克斯语气平静地说着，虽然他依然按在桌子上的手在微微颤抖，那是因为他的内心激动不已。

"说吧，要进行考古活动，是不是需要获取许可证？许可证得记录在案，包括参与人数、目的地，和出发及返回的日期？"

"这话倒是真的，但我现在没有这些材料。"

"可是你是可以拿到的，是不是？请允许我再占用您一点时间。问一下是不是有张许可证，上面有两个人，艾伦·弗雷德里克斯和休·科特，时间是1946年的暮春时节。还有这支探险队的返回日期。"他停顿了一下。"我敦请您去查一下。"他加了一句。

部长盯着他看了好一会儿。接下来，他再次做出了快速的判断。

他以迅雷不及掩耳之势一把撩起了桌上的电话听筒。

科特一直没有加入会谈,给弗雷德里克斯使了个眼色。"留心。"他压低嗓子提醒道。

"没有别的办法了。"他隐晦地回道。

"读给我听。"部长对着电话说。

接下来是等待。他拿起雪茄,一口没吸又放下它。"那份记载返回的记录呢?读一下。"

仿佛触电一般,他一把撂下了电话。黝黑的面色微微变得惨白。衣服的领子令他很不适意。

"有记录在案曾颁发了一份许可证,准许两人进入山谷,艾伦·弗雷德里克斯和休·科特,1946年4月20日。也就是说,两个人,都是男性。记录还说同一支两人的小分队于1947年9月15日从那里返回,带出来各种遗址物品,包括一个木乃伊匣,或者说是石棺,那是他们从坟墓里挖掘出来的。所有具有自身价值的物品,比如金器或银器,都按国家法规上交给了政府。可是,至于那个木乃伊匣,经过简短的官方检查表明,里面除了一具年轻女性的遗骸,别无他物,而那具女尸保存完好,依旧鲜活生动。鉴于本国没有博物馆或者其他类似的机构来接管,他们获得了出口许可证,获准携带女尸与他们同船离境。"

"那个女孩没有死。"弗雷德里克斯冷静地说,"难怪她的'尸体'保存良好,栩栩如生。她患有瞌睡症,或者至少是在症状上与其非常相似的一种热带丛林疾病。从山上下来到坐船去美国的整个运输过程中，都是通过静脉注射给她进食。另外，木乃伊匣的'官方检验'过程也比平常更快些，用你们的话说是捞油水，五百美金打点了签发出口许可证上上下下的官员。盖板是掀开了一条缝，便又被合上了。"

部长给自己倒了一杯酒。喉咙"咕嘟"一声咽了下去。衣服领子再度让他感到不舒服。他觉得房间里很热，他的额头上油光发亮。

"你……你说什么哪？"他沙哑着声音说，"你怎么会知道这些的？你是谁？"

"我是当时的考古学家，我是那两人中的其中之一，是我们把她装在木乃伊匣子里，然后运了出去。那个时候，她还活着，但她当时处于昏睡状态，而且直到今天她仍然活着，已不再昏睡，状态清醒得很。她坐在那里，像您一样，活力四射，或者像我一样，坐在这里。还有，我到此地来向您汇报，她已经回到山里去了，我们当年把她从那里带出来，现在她还拽着一个倒霉鬼和她一起回去了，按照美国的民法，那个人是她的合法丈夫！"

部长再也坐不住了。他不停地走来走去，激动地手舞足蹈，近乎疯狂。他们俩不得不来回转头，这样才能看到他的脸和身体。

"可是我的执政能力就会被牵扯进去了！"他气急败坏，"这件事处在我的部门的权限之内！这件事决不能泄露出去！必须到此为止！五百美金的贿赂！一个活生生的女孩被带出境，而我一次又一次地上报我的上司,说那个地区是无人区!你是想让我被革职吗?你是想把我变成一个骗子,受贿者?"

"她不是唯一的一个。"弗雷德里克斯紧紧握着下巴说,"那里有整个部落。规模不大,但是个完整的部落。差不多三百到五百人。您要是以前不知道的话,那么现在我可告诉您了。"

"不是真的!那是谎言!"部长暴跳如雷,"砰砰"捶打着桌子,"我的部门没从任何人那里收取五百美金!一个活人都没从那里带出来过,因为没有活人在那里!我的部门说了算!我说了算!我要在我的权限内,不遗余力地支持这种说法!"

他匆匆忙忙地在一张纸片上写了几句话,走到门口,递给站在门外的卫兵,然后又转身回来。

"科特,去外面等。"弗雷德里克斯低声吩咐自己的同伴,"目前的情势不太妙。依我看,我们俩得有一个人采取预防措施,保证自己行动自由,万一情况有变,可以援助另一个人。"

"他是谁?"看见科特站起身准备要走,部长心存怀疑地质问。

"一个旅伴而已,"弗雷德里克斯说道,"他与此事无关。他对这件事一无所知。"

"他刚才听到了我们的谈话,不是吗?"部长紧追不放。

"他听不懂西班牙语。"弗雷德里克斯暗暗地给科特打手势,示意他趁机赶紧离开。

科特随手关上门,又回到外面走廊上的长凳上坐下。

突然,刚才带信出去的卫兵一路小跑回来了。在他身后,跟着一大帮人,个个面露凶相,看装束不是士兵,但仅从衣着上又看不出是什么身份。其中两个人腋下夹着一副杆子,被卷起来的帆布裹着。

一群人进部长办公室之后没多久,里面传来简短无声却激烈的扭打声。科特起身想要进去,但卫兵立刻举起毛瑟枪,枪口对着他。"后退。"他发出警告。

突然众人又都一下子冒了出来。竹竿已经展开,扩展成一副担架,而在帆布上躺着、手脚被捆着、嘴巴被堵着的,正是束手无策的弗雷德里克斯。

科特试图阻止他们,但被粗暴地一把推开,紧紧地按在墙壁上。

"他们对我的朋友都干了什么?他们要把他带到哪里去?"

"去圣拉扎。"走在这群暴徒后面的一个人给出了惜字如金却有不祥之感的答案。

"圣拉扎是什么?"科特拉住他的胳膊,迫使他停下来作答,"这里的监狱?"

"比那还要糟糕。一旦坐了牢,迟早还有出狱的一天。从圣拉扎,没人出来过。那座房子里只有往里开的门。疯子的精神病院。"

"可他没疯啊!"科特绝望地大喊。

"他会的。"那个人说,"有什么区别呢?现在疯,或者稍后再疯。"

"至于他。"面色铁青的部长一直站在门口听着,此时开口说道,"可以送到监狱去。"

两名卫兵立刻上前,缚住科特的肩膀。"先生,关多久?"

"不太好说呀。"部长实话实说,"他亲眼看见了这个不可饶恕的场景,听到了一些西班牙语,虽然他听不懂,但也要关到他完全忘了他所听到的吧。三年?五年?谁知道呢!忘记一门语言所花的时间,要比学会一门语言长得多。"

"我是美国公民!"科特从走廊尽头大声惊呼。

"用一个已经死亡的犯人名字把他送进去。"部长关照道,"如果不是以美国人的名字立案,谁会知道他是不是美国人呢?出些小差错,也是在所难免的嘛。"

时光隧道

　　这次穿越黑暗的地心之旅似乎漫长得永无止境。而实际上可能只走了一个小时，甚至还不到。隧道的地势越来越往低走。坡度虽没有大到令人失去平衡的地步，但也足以让上身向前倾斜，使得脚步不自觉地加快，必须要加以控制才能收住脚。

　　隧道是人工挖出来的，这一点似乎是毫无疑问的了。有些地方借用了天然的缝隙，把它们加以拓宽，凿成长方形，前后连接起来便形成了一条通道。

　　隧道里并不完全被黑暗所笼罩。当洞口被堵上之后，走在队伍前面的人立即点燃魔杖般的点火木条，上面大概缠着能慢速燃烧的芦苇或者干秸秆。

有一段路走得磕磕碰碰的,时停时走,使得原本匀速前进的部队乱了次序,后面的人撞到了前面的人身上,如同一长列汽车在货运场里横冲直撞。他一开始也没明白是什么缘故,直到后来他自己也来到了那个关注点。

在隧道一侧的石壁上有一道凹槽,一股涓涓细流匀速不断地往下流,看似一条凝固的水晶棒,静流无声,凝然不动。每个人经过此地,都会掬一捧水,喝上一两口,队伍因此而暂时停顿。等前面的人继续开拔,琼斯也停了下来,嘴巴往前凑,他的双手仍然被绑在身后,因而无法用手捧着水喝。他有点担心会被人推搡往前走,但他被默许停留了片刻,足够让他像动物一样,用鼻子蹭着,去找水喝,他张大嘴巴,甘霖流进他贪婪的口中,还有一部分泉水漏到他的脖子和胸口上。接着,他又被人推到了前面。

他第一次看到行程即将结束,或者说至少达到了某种高潮的预兆,是在前方连贯的火光开始黯淡下去的时候,那时大家终于可以间隔开来,他们到达的那段通道好像往下拓宽了一些,在此之前严格按照单列行进的队伍也有所松散。接着,火光一个接一个地下沉,从而淡出视线,当火光再次冒出头,它们已经被改制成更加坚固耐用、熊熊燃烧的火把。火光愈烧愈旺。当轮到他走到那个地方时,隧道的四壁突然之间好像裂开,他们一下子身处于一间宽敞的石头墓穴之中,墓穴是硬生生从山体里凿出来的。

岩石壁上凿出了蜂巢般的壁龛，它们中的绝大多数都用灰泥涂抹了表面，这样一来，便可以和四周融为一体，很难被人发觉。其他的已经被人劈开过，附着在旁边的灰泥泄露了秘密，留下不规则的粗糙形状，借着火把可以看见里面空空如也，好似没有眼睛的插座口。有一两个壁龛正处于中间的状况：它们已经被劈开，或者至少已经被凿了个窟窿，但里面的东西还未被洗劫一空。那里面还能看到骇人的年代久远的木乃伊人形，但与亚麻布绑带下所保存的肉身核心已无多大关联了。灰泥一直往下凿开，露出整个石棺，从而可以看到在木乃伊的脚边，摆放着瓶瓶罐罐，那应该是被用来盛放玉米和水果的。

在所有这些壁龛的上面，无论是被亵渎过的还是未被打扰的，都黏附着面具，每一个面具都代表着一个个体，而他们的安息之地就在这张面具之下。

在这座地下墓穴的一侧，数级石阶缓缓而上，一直升到墙边，形成了一个高台。壁龛也依势逐级上升，每一个壁龛都比下面一个高出一层台阶。放置在最高一层的壁龛尤其精美，上方的面具金光四射，看上去像是由金箔打制而成。是一个老人的容貌，轮廓线条似老鹰，令人望而生畏。这座墓穴本身没有遭到破坏。而在另一端，壁龛又开始随着平台的台阶，逐渐缓缓下降，最后回到地面上。如此看来，在这里，即使是死亡似乎也有高低贵贱之分。

在这座公墓的角落里，散放着一些废弃物。破碎的罐子和陶器——与石棺里保存完好的器皿是相同的款式,被劈落下来的灰泥碎块和厚片,甚至还有几个完整的骷髅,以及大量的残肢断臂。一个头骨已从躯干上脱离下来,竖直立在地面上,一副龇牙咧嘴的模样,仿佛想冲着地面咬上一口。在这些废弃物之中,有一条长相奇特的死蛇,蛇身细长,呈灰绿色,盘成一团,静静地待在一隅,保持着生前的样子。可是,当他的目光顺着缠结的蛇身追寻到尽头时,他看到了一个小小的灯泡状的附器。那不是蛇,绝对不是。那是一截橡皮管子,是照相设备上一部分,用来拍摄定时曝光的照片。他的大脑因为受到太多怪诞之事的打击,一时间竟没反应过来。

旁边还放着另一件让人困惑的物品。那是一个超大的普通原木板条包装箱。不过,那板条是白色的,被刨子刨平过,现代木头。那种箱子通常是被用来装物资、工具或者设备。那种箱子一般会出现在铁路沿线、码头、世界各地。

箱子不是处在完好无损的状态。它遭到过猛烈的袭击和破坏。不过,一个板条碎片上仍然留有印刷体罗马大写字母"A.F."的字样。

琼斯的思想一直集中在这件事上,内心欣喜若狂。罗马大写字母。"A.F."。艾伦·弗雷德里克斯。

这事虽然看起来很奇怪,而他也已厌倦了打着奇怪的幌子来折磨自己,现在已渐渐恢复了神志,能够承受层出不穷的、各式各样的"熟悉的奇怪"。

他木讷地对自己说:他在我之前曾到过这里,就在这儿。我就是从那个人的家里把她偷了出来,从遥远北方的美国。那个晚上,我从他家里偷出来的,是我自己的死亡。

而她是属于这里的,这个地方。

现在她已经回到了她所属的地方,回到了他发现她的地方,还把我也连带上,成为俘虏。一会儿我还要被囚禁起来,说不定会被当成祭品。

他转身去寻找她。火把在她四周形成了一个光圈,她沐浴在昏黄的跃动火光之中。她一步一步缓缓地往上走,其他人都待在下面。没人跟随着她,她孤身一人往上走,走路的样子像是在跳舞。脚踩着宗教忏悔的节奏。她头向后仰,胳膊僵硬地往身后伸展。这场古老的仪式是她血液里的本能,无须死记硬背便可习得,她的身体不由自主地随着节奏摇摆。

这时,她扑通一声跪下,弯下腰,用手拂扫着膝下的石头。然后她将石头举过头顶,任由她刚刚拢起的远古尘土纷纷扬扬,洒落在她乌黑油亮的秀发上,以此作为赎罪。那是她所属之地的尘土,她所生所长的大山和山谷里的尘土。

接着,她慢慢地伏下前额,直到额头触到石头上,双臂侧展,就保持这个姿势,仿佛在说,我回来了,我已经归来了,回到了密闭墓室里她面前的部落祖先前。

文明世界的囚禁

　　内政部长来到圣拉扎精神病院的院长办公室，进行私人探访。纯属私人探访，可以说是只谈私事，不谈公事。

　　"把二十二号带进来。"院长吩咐道。

　　院长个子不高，身形纤弱，脑袋长得硕大无比，头发已是半秃，无框眼镜让他看上去像个贼眉鼠眼的小小办事员。

　　办公室的装修是落伍的十九世纪风格，两人坐着等待，办公室里显得不同寻常的安静。在擤鼻涕的间隙，院长说："这个人挺有才呃，不是吗？考古学家？太有才了不是什么好事。懂太多了。反而让脑子不好使。搞不好就会落到这个境地。"

部长懒洋洋地扇着自己手中的巴拿马帽子。"这一点你倒是说对了。"他一副高深莫测的样子,"在大多数情况下,懂得太多确实不是件好事。"

这时响起沉闷的敲门声。院长停下操作手帕动作,过了好一会儿,才高声喊道:"Pase[1]。"门被推开,弗雷德里克斯站在两名护卫的中间。他看上去好像陷入沉思之中,眼睛盯着前方,但眼皮稍稍下垂,使得视线恰好落在两个官员座位前面一点的地板上。门推开后,他脸上的阴影被一扫而光,但他并没有因此而抬起眼皮。他的脸上看不到一丝痛苦,反倒显得愈发年轻了,因为所有的沧桑都被已抹去。

身上还穿着他自己的衬衫和裤子,但都已经看不出原来的颜色,现在是灰扑扑的灰绿色。脚上穿着草编拖鞋,而不是自己的鞋子。衬衫袖口上的袖扣不见了踪影,因此手腕上的袖口像铃铛一般大张着,而瘦骨嶙峋的手腕则像只铃舌。

他们把他往前带了一两步,让他坐在一把紧靠着门的直背椅子上。然后,两名护卫便分别站立在两旁,手依然抓着他的肩膀不放。

"晚上好,我的朋友。"部长挖苦道,"或许还记得我吧?收受贿赂的部门长官?把自己辖区内的居住地信息错误上报给上级政府的那个人?"

弗雷德里克斯似乎没看见他。仿佛他的眼睛拒绝往前看,始

---

[1] Pase:西班牙语,意为:进来。

终保持着低垂的视角,眼神呆滞,对这个地方和房间里的人没有做出任何反应。

部长伸出一只手,在弗雷德里克斯脸的下方猛地扇了一下。眼睛连眨都没眨一下。一点反应也没有。

部长好奇地转身看着院长。

"没用的。"院长解释道,"他已经没有了思想。他听不懂你对他说的话。"

部长慢慢地直起身子,往后退了退。他笑了,心满意足地笑了。

院长做了个手势。他们将弗雷德里克斯扶起来,然后门关上。那把椅子空了,甚至连脚步声都听不到。他像鬼魂一般离开,也许,他早已变成了鬼。

院长仔细盯着客人的脸,想从上面找到赞许的迹象。或者,表露无遗的神情。

"先生,满意不?"

"非常满意。"部长淡然一笑,"我会在下一份报告里大力推荐你。同时,把这套做法加以推广,在你的……"他打开一个镶金边的鳄鱼皮钱夹,从里面抽出几张大面额钞票。"呃,把它花在最需要的地方吧。"他最后说道。

院长把钱塞进衣服内袋里,就在他心脏的上方。

"那么现在,"部长轻松愉快地说,"我看我得去监狱瞧一瞧另一个人过得怎么样了。"

"拿一罐冰冷的井水来。"部长在监狱长办公室里命令道,"装在透明罐子里,这样就能看见里面的水。再拿个空玻璃杯来。"

"是给部长先生用的吗?"

"不,不,不。"部长矢口否认。"我从来不喝水。这是为……审讯准备的。"他十指相对,拱在一起。手指上一块硕大的翡翠发出绿莹莹的幽光,"你按照我的吩咐去做了吗?"

"是的,部长先生。他已经三天没喝水了。吃的所有食物都是辣的,如您吩咐,浇了厚厚的辣汁、辣椒、红辣椒……"

"Bueno[1]。你明白的,这个案子很棘手。不能采用常规手段。"

两名狱卒将科特架了进来。他的身体缩至半人高,两腿拖在后面,犹如一条双翅尾巴。他嘴唇发紫,肿得好高,令其具有黑人的面部特征。他的舌头不时地往外伸,也肿得高高的。

"水。"他沙哑着嗓子说道。

"好好地架着他,我得问些必要的问题。"部长发出指令。

他谨慎小心地倒了一杯水。部长把水杯搁在两人的中间位置。

科特早已弯曲的双膝往下一沉。

"就一滴水。哦,看在上帝的分上,就滴在我的舌尖上。就一滴。"

部长将两手夹住自己的胸骨。"现在告诉我。你是不是已经忘了西班牙语了?"当然,问题是用英语提问的。

"忘了,忘了,统统都忘了,一个字都不记得了。"

---

1 Bueno:西班牙语,意为:很好。

"确定吗?"

"我发誓,"科特喘息着,"一个字都不记得了。"

"Sí[1]是什么意思?"

科特拼命地摇头。"不知道。我忘了。"

部长用弯曲的手指关节心怀叵测地将水杯往前轻推了一点点。"Quiere beber[2]?"他花言巧语劝诱道。

科特呻吟着,浑身上下战栗着,他紧闭双眼,没有作答。

"Tiene sed[3]? Tome[4]!"部长好言相劝,把水杯又往前推了推。

科特痛苦得面部扭曲在一起,眼睛眯成一条缝,发出无声的呐喊。

部长拿起水杯,端着杯子绕过桌子,举在科特的面前。

"Peto tenga[5], hombre[6]!"他一再相劝,对方的不领情似乎令他有了一丝的不快,"Aqui está[7]!"

科特的喉咙里发出无助的呜咽,如同气泡发出"咕嘟咕嘟"的响声,接着"啪啪"地破裂了。

"让他往前来一点。"部长指挥两名架着他的狱卒,使了个眼色,

---

1 Sí:西班牙语,意为:是的。
2 Quiere beber:西班牙语,意为:想喝吗?
3 Tiene sed:西班牙语,意为:渴吗?
4 Tome:西班牙语,意为:喝了吧。
5 Peto tenga:西班牙语,意为:喂,拿着。
6 hombre:西班牙语,意为:男子汉。
7 Aqui está:西班牙语,意为:在这里。

"慢一点,他在那里够不到的。"

可当他们这样做时,他把水杯往后挪了挪,仍然保持着原先的距离。

科特伸出舌头,迫不及待地想要舔到杯子的边缘。

部长灵巧地使得舌头与水杯的距离保持在大约四分之一,或者八分之一英寸远。他的手端得很稳,目力也很准。

"就说一个字,用西班牙语说水,这杯水就是你的了。一个字又不多,一个字不是一门语言。"

"水。"科特疯了一般地说,"水。"

"西班牙语。西班牙语怎么说?"

"不知道!我不会!我忘了!"

"水在这儿,离你那么近。是你的。只要用西班牙语说出来。"

"Aqua[1]!"科特吼叫着,痛不欲生。

部长徐徐地在他面前倾斜水杯。杯子里的水呈一条细线,源源不断地往下流,溅落在地板上,直至一滴不剩。科特在狱卒的手中瘫软下去,仿佛和水一起下坠。

"一个字就足够了。你还是没有全都忘了。带他回牢房里去。你一直待到忘了最后一个字为止,哪怕要待上五年。"

---

[1] Aqua:西班牙语,意为:水。

归　来

　　岩石墓室的出口与它的入口相比，显得不是那么隐秘。这里不只是一道裂缝，用一块凿下来的石板来遮掩，而是一道高大醒目的正方形入口，从岩石上凿出，表面巧妙黏附着精美繁复的石雕。一条经过常年踩踏的小路一头连着入口，另一头消失在下面的低谷之中，清晰的山际线在远端将其截断。

　　这座山谷呈狭长状，两端都无法看到头。

　　他们出来的地方大约是在山体三分之一还要高一点的位置，从那里往下俯瞰，绿毯般的丛林映入眼帘。其中一处，像稻米一样散布着的。褐色与白色相间的，是三三两两的聚居区，那里肯定有房子或者废墟，镶嵌在丛林席毯之间。有一座建筑的外形轮廓比其他的还要尖一些，貌似金字塔，犹如一颗牙齿刺向天空。在这些遥远的颗粒四周，绿色比其他地方略浅一些，似乎是由于这些耕地的缘故，丛林便稀疏了。

他们又来到了旷野外。一行人依然遵照上山和穿越隧道的次序，一路往山下走。仍然保持着单人纵列。她再次坐上了轿子，走在队伍前头，而惊恐万分、跌跌撞撞跟在轿子旁边，一只手被绑在最近的柱子上的，是克里斯苗条的身影。

她就紧贴在她，克里斯的脑袋在她旁边每走一步都上下颠簸，而米蒂竟连一次都没有转过头去看，对这个小姑娘正在承受的由恐惧而引发的痛苦置之不理。在他眼中，比起她对自己的完全遗忘，这简直更加可恶。然而，他不由酸苦地想到，对于一个十六世纪的野蛮人来说，还能指望她心生什么同情呢？

山径渐渐趋向平缓，一度走入丛林之中，这是一片原始森林，密不透风，如同一块绿色、棕色和黑色相织而成的席毯。

身后的群山渐渐淡去，而对面的大山逐渐清晰起来，这时，他们已行至山谷的中间地带。此时，正午的阳光当空悬照，而他们依然在艰难前行。

走着走着，周围的灌木丛渐渐起了变化。他们越来越频繁地从独石柱旁经过，这些石柱上长满了青苔，爬着密密麻麻的蚂蚁，有些被钻出地面的树木拱倒在地，有些仍然屹立不倒，站在那里，形成一道看不见的大门，四周没有墙壁。还有些地方，废墟已完全湮灭在地上，不再傲然耸立，那里有一堆堆奇怪的圆形土堆，好似还没有破裂的气泡想冲出融化的铅块或者其他重金属，为了露出埋藏在下面的东西。

这些死亡痕迹来自一座遗失久远的城市，在其最鼎盛时期，肯定在规模和气势上能与库斯科[1]和帕伦克[2]相媲美。这一支人作为有生命的核心留存了下来，这群居民还幸存活着，此时正蜿蜒走在已被遮掩的堤道上。

这时，前方耸然立着一座建筑物，高高屹立在不断后退的丛林天际线之上，那是一座塔或是多层楼房的模样。这就是他们刚才从山体那边看到的像一颗突出的牙齿状的东西。一座庙，或是某个重要的聚集点。墙身由石头砌成，在四分之三处，有一道参差不齐、边界模糊的界线，从这往上是由晒得干硬的泥土完工或者修补的，泥墙在下午一两点钟的日光下，呈现出巧克力色，由此判断，当时可能缺少足够的人力或者精巧的装置去开采更多的巨型原石来修造，或者甚至是无法把原先倒塌下来的石块再填补回去。

随着丛林的绿毯如退潮般从他们的脚下渐渐后退，显现出那

---

1 库斯科：库斯科古城位于秘鲁的安第斯山脉，原为古印加帝国的中心，多印加文化遗址，以马丘比丘最为著名。
2 帕伦克：墨西哥东南部的玛雅古国城市遗址。

座建筑物的底部周围分布着灰白色的方糖，也就是更低矮一些的建筑。在这些房子的周围，是不同的文明斑块——喂饱了当代人的玉米和用来蔽体的亚麻。田地里星星点点散布着小小的茅草屋和小披棚。这些不是废墟遗址，而是有人居住的屋棚。

四周的房子变成孩童的积木般大小，里面爬满了黑蚂蚁，出来迎接这支队伍，环绕着，和队伍一起前进。田里的农夫，身穿飘动亚麻长袍的剃发削顶教士，还有女人。看上去整个修建了这座城市的原始种族的代表人种都活了下来，一直居住在遗址里，只是人数大为减少，也许是当年人口的十分之一、二十分之一。这个种族在消亡。毕竟这是自然做出的决定，这是自然一贯的做法。

他们来到一处广场或者中心点的地方，这里处在所有建筑物的正中心，地面被夯实过，地上看不到一根破土而出的小草，丛林被群居活动远远地隔在外围，队伍停止前进，就地解散。在广场的另一边，矗立着一座神庙，此时在天空的映衬下如悬崖峭壁般伟岸，周围的一切都显得那么渺小。另外三个边由其他低矮一些的建筑环抱起来。

轿子落地，她下了轿。步履缓慢而坚定，就像一个人回到了她熟悉的地方，回到了她所属的地方，她穿过空地，走向森然耸立的庙堂墙壁。她没有左右环顾。她的目光死死盯着黑边的孔口，那里在等待着她，迎接着她。她走得很慢很慢，这让他有足够长的时间看着她，和她告别。她的影子追随着她走过被太阳照得发白的地面，犹如一汪黑色的水洼。他想，究竟哪个是影子，哪个是实体？

教士们早已在她身边排成两行，迎接她的到来。她走入欢迎队列之中，于是他再也看不到她，只能从人缝间瞥见她一闪而过的白色身影。那些教士年事已高，身形佝偻，无法挺直身背，她的头高过他们，这样在她到达入口的片刻之间，仍然可以看见。

琼斯多看了她一会儿，只有一会儿。他端详着那张脸的侧影，心想，那曾是我的妻子。陌生中带着熟悉，熟悉中带着陌生。那双他如此熟悉的眼睛再也认不出他了。他曾亲吻无数遍的香唇，他曾抚摸无数次的润泽秀发。它们是什么？它们曾经是什么？再过一会儿，她走了。神庙的石头入口把她整个人都吞没了进去。他的心被掏空了，一种生离死别的感觉。

他想，刚刚进去的那个人不是米蒂。米蒂在哪儿？她怎么样了？我在哪儿把她弄丢了？

教士转过身，尾随着她鱼贯而入，最后面的两个拖着又惊又怕不断挣扎的小小的克里斯，她手上的绑绳已经从轿子上解开，由武士押送过来，交到教士手里。

门禁森严的入口再次空旷了下来。太阳的女儿回归了。

野蛮部落的地牢

即使在阳光最为炽烈的正午时分,地牢里依然阴森幽暗。牢房的四分之三部分低于地平面,在墙壁和房顶的连接处,只有一个扁长的孔口,仿佛地平线上裂开了一道口子。这个开口开在朝外的一面墙上。而对面朝内的墙上,有一道木条,也可以说是一个滑动装置,能把门闩牢,也能推开把吃的送进来(看来他们还不知道使用铰链、轮子或者滑轮)。这上面也有一个方形的小开口,无须移动整个笨重的嵌板就可以监视他们。

他们被抓到这个地方,被扔在这里,陷入痛苦与绝望之中。

"可是他们为什么把我们抓到这里来啊?"刚开始几天,马洛里一遍又一遍不停地发问,"他们为什么不把我们马上就杀掉?在庄园里就杀掉?他们为什么要留我们一条活命?既然把我们一路带到这里,那他们准备怎么处置我们?"

后来,他不再问这些问题了。琼斯无法给出答案,连他自己也不知道。他总是不厌其烦地叹口气,把脸转向墙壁,无声地暗示对方不要再折磨他们两个了。

琼斯知道马洛里脑海里的那个想法,因为那也是他脑海里的想法:酷刑。可他不敢公开提出来讨论。正是由于这个原因,他对马洛里的问题缄默不语,也正是因为这个原因,马洛里终于也绝口不提了。总有一天,难以言表的事情……

两人的左手腕上都被皮绳绑着,皮绳的另一端系在固定在墙砖上的铁环上。他们可以直立身体,确实如此,甚至还可以从墙边往牢房的中间走几步,不过因为铁环镶嵌的地方比较低,一边的肩膀就不得不歪低一些,这样一来,他们只有背靠着墙坐着才不至于扭曲身体。到了晚上,他们平躺在地上,但要把腿伸向牢房中央,与墙壁保持正确的角度才行。如果两人都想顺着墙壁躺,那么就得压到对方,因为两个铁环挨得太近了。

两人吃得倒是很饱,但饭菜千篇一律,每日雷打不动地送来烤玉米饼,还有喝上去咸咸的装在陶土碗里的清水。每日两餐,一次是在墙上的孔口现出第一缕青色天光时,另一次则是在夜色即将降临时。每到时辰,孔口对面闩住牢门的栅栏门便被推开,在外面看守的武士就会走进来。饭菜是由第二个人带进来的,也许给囚犯送饭有损武士尊严,毕竟他们是冲锋陷阵的战士。送饭的是个干瘪的老头,头发剃得光光的,没有携带武器,亚麻布外衣紧紧贴在身上,由此他俩判断此人是个教士或者教堂执事什么的。武士只站在门口看守着。然后两个人一起出去,栅栏门又被关闭上,从外面固定牢。

"我不喜欢那个老家伙看我们的样子。"有一次,那两个人刚走开,马洛里便小声地抱怨道,"那个武士,就只站在后面瞪着眼睛看,一脸严肃,那倒也没什么。可是那个老东西,我们吃饭的时候,他就蹲在我俩面前,从头到尾一直盯着我们,好像还在舔着自己的嘴唇。"

琼斯也留意到那贪婪而病态的兴致,但他只是圆滑地没有说出口而已。

两人数着日子煎熬着,一如从古至今的囚犯都会做的。因为没有东西可以在墙壁上做记号,所以他们便用脑子来记,彼此大声地记诵天数,日复一日。"今天是二十二天。"琼斯咕哝着说,"你记的也是吗?"

"是的,和我记的一样。"马洛里苦涩地回答道。

现在做到这一点相对还是容易的,因为囚禁还为时不长,而时光还未能模糊他们的计算力。

在被囚禁的第二十四天,他们的胸口同时感到恐惧的痉挛。墙上的孔口随着天色渐渐亮起来，透进孔雀绿的光亮，栅栏门松开后被拽开，和往常一样，有人进来了——然而这次进来的人数多了一倍。两个武士，两个枯瘪的教士。一眼便能发觉，没有盛放玉米饼的大浅盘和水碗。他们不是前来送饭的。

两人立刻意识到某种高潮即将到来。

琼斯能听到马洛里的呼吸声急促了起来，就在他身边。"别慌。"他小声说，用手碰了一下马洛里，想让他镇静下来。

四人逼近他们，站在那里深不可测地打量着，而那两个武士则靠后站着。突然，一个教士抬起瘦骨嶙峋的手指，指向马洛里。武士马上走向前，用小刀割开把他绑在墙上的皮绳。他们把他架起来，几乎用不着他自己走，就把他架到牢房中间。他们扯下他身上的衣服，现在早已成了破衣烂衫。他的腰间系上了一条礼仪式的短裙，类似于上好亚麻质地的腰带。双手被绑在身后，武士重重地按压在他的肩膀上，迫使他跪下来。这时水和苔藓被拿了进来，对他的左胸口——心脏的位置——进行不祥的清洗和象征性的净化。

马洛里痛哭流涕，苦苦哀求。琼斯看见在牢房的光线下，马洛里湿透的肉体染上了青白色，他下意识地往旁边爬，躲避他们骇人的举动。他大口喘着粗气，发出磨砂纸般的尖锐声。

"他们为什么抓我而不是你？"

"打起精神来。"琼斯还想给他打气。

他们提溜起他,让他面朝着牢门口。他扭着头恳求地看着琼斯。"拉里,他们要怎么处置我啊?"

琼斯无言地垂下头。他无能为力,其实对方也心知肚明。

他们已将他拖到一半路的地方,他僵硬的双腿像机器人一样卡着他们。在恐惧和反抗的交织下,他的呼吸越来越急促。

"拉里,我回不来了。"

琼斯想给他一点鼓励,让他有勇气面对即将到来的时刻,无论等待着他的是什么样的命运,于是他违心地说道:"会的,你会回来的。肯定会的。"

他们已经把他拖到门槛,他仍努力把光着的脚后跟扎进草皮里,可根本扎不进去。"看他们的神色我能看出,我是回不来了。拉里,他们要杀了我。"

这次琼斯没有回答。他也知道他们要杀了马洛里。谁都能感觉得到。他们身上散发出逼人的杀气。

"拉里,克里斯……"

他们把他拖到门外。

"马尔,别慌。"除此之外,琼斯说不出别的话来。

栅栏门砰的一声关上,牢房里只剩下他独自一人。

他只能靠间接的方式去看周边的环境,这简直比一览无余还要糟糕。由于手腕上绑着皮绳,限制了他的活动范围,他只能歪歪斜斜地惦着脚，透过孔口往外窥视，目力所及不过是与地面等高的地方。这就好比当舞台大幕升到一半时卡住了，悬在半空中，只有表演者的下半身部分才能看得到。

牢房外空地的对面竖着一堵厚实的石墙，因为石墙距离较远，所以他起码能看到其一半的高度。它自始至终立在那里，注视着他，从他被囚禁的第一天起，然而就在刚刚，当他看着他们时，他才恍然大悟，明白过来它究竟是派什么用场的。它是其中的一座令人毛骨悚然的献祭活人高台，这种祭台在中美洲历史上屡见不鲜，每到春分或者秋分太阳平分昼夜时节，便被不加节制地使用，循环往复，年年如此。祭台本来是四边形，但从他的视角看去，只能看到一个平面上的高度和宽度。一个拐角恰好垂直，像一把标尺般笔直。另一个拐角呈锯齿状，被切割成上升的台阶通道。这一面正对着他，但他看到的是祭台的侧面。再往上肯定是——尽管不在他的视线范围内——一个平坦的台面，一座圣坛，台面宽到足以站得下参与者们，一块斩首垫头枕木，还有其他参与这场残酷仪式的人。

邻近正午时分，死亡之鼓咚咚响起，鼓声很近，好像是从天花板上面传来的，但其实不是，他敏锐地判断出，那是从祭台方向传来。现在距离马洛里被提出地牢已经将近六个小时了。这期间，琼斯一直被关着，他也不知道具体时间。

有人影聚集在金字塔横截体周围，默默等待着，不过他能看到的台阶上还空无一人,那些人没有太靠近基台,而是留下了一段空地。后来出现一行六人教士,他们和送饭的教士一样枯瘦干瘪,六人单行排列,缓缓登上台阶。口中吟唱着圣歌,声音又尖又细,刺破了空中如闷雷般隆隆作响的鼓声。

没有武士跟随教士上台的事实充分证明这不是军事或战事处决,而是宗教意义上的极刑,以此向太阳致敬。

六名低级教士走上高台后便看不见了。短暂间隔之后,一个孤零零的身影缓缓登上台阶。他身上的衣着和装备,虽然大体上与那六个人是一样的,但显得更为讲究些,由此可见,他的级别更高些。他爬台阶的动作僵硬而缓慢,琼斯看了一怔,浑身的血液都要凝固了。被眼前的所见和他手里拿的东西震住了。那人双手直直地伸向前方,手掌朝上,紧紧地并在一起。横放在手掌之上,在阳光下熠熠发光的,是一把锋利的黑曜石解剖弯刀———把祭刀。

琼斯想起马洛里在被他们带出去之前,他的胸口部位曾被清洗过,那是一个多么不祥的举动啊。他浑身不由地打了一个寒战。

接下来又是片刻的等待,而鼓声一直在咚咚作响。地面上的人影开始围了上来。太阳几乎当空悬照。

人群里闪出一道缝,四名壮汉肩扛着一顶镀金轿子,慢慢地穿过人群,朝着祭台的台阶走去。坐在轿子里的人是她。他一眼就认出了她,尽管一顶近似修女帽的头巾遮住了她的半边脸,而她的眼睛也在阴影之中。她一身白衣,胸口上悬挂着一块金光闪闪的饰牌，上面模仿太阳刻着一道道线条，而她则是太阳的女仆。她的手臂上箍着一串金环，上面镶嵌的紫水晶和翡翠发出耀眼的光芒。

落轿之后，她下了轿，款款走上台阶。一个奇怪的人，一场奇异而黑暗的盛大场面，而外面世界的人还以为这一切早在几百年前就销声匿迹了。

真是令人难以置信，这个女祭司，这个太阳女神，或者不管她的身份是什么，居然曾是那个女孩……可偏偏就是由她来主持这场神圣的屠杀。他对她太了解了，万万不该在这个地方认识她。

他想大声喊她，冲着她尖叫，但这次，他喊不出来。他嘴巴发干，喉咙仿佛收缩成一个针眼大的小洞，令他无法发出声音。

她的头已经走出了视线，走入了高处，就在那个高处，即将犯下一场谋杀。接着，她的肩膀不见了，然后是她苗条的腰肢。一只金色凉鞋抬了起来，然后消失，另一只脚尖点地，稍做停留。接着也消失了。

不久，在充满期待的寂静中，一股淡蓝色的薄烟沉降到地面，然后又扬起，留下腻人的香气，甚至连他这里也能闻到。是她在台上往无法看见的香炉或者三角火炉里投了一块香料树脂。

一切准备就绪，在场的人都在翘首以待，只缺祭品登场。鼓声突然停下，高高在上的太阳必定是在鼓停的那一刻到达了直射的位置。周围鸦雀无声。

这时，一阵抽泣声打破了沉寂，哭声越来越近，未见其人已闻其声。当人类或者动物不幸事先知道死亡来临时，便会发出那样的幽咽哭泣。

马洛里几乎赤裸的身体在黝黑的人群里苍白得有些突兀。他们牵着他脖子上套着的绞索，拽着他往前走，走向屠宰场，身后有人挥打着皮鞭驱赶他，鞭子抽在他的肩膀和背上。每一步都在较量，每一步都想往后缩，可马洛里势单力薄，根本无法做出有效的抵抗。

琼斯痛彻心扉，他扭头闭上眼睛，不忍再看。

人应当视死如归。说得轻巧啊，可做起来难。

他再次睁开了眼睛，尽管他心里一万个不愿意，可他不得不看，发现他们已经把受难者带到了祭台台阶上。有四个教士下台来从武士手里接管过来，而武士则留在了台下。马洛里卧倒在台阶上，他们合力费劲地将他从底下一直拽到上面。

他瘦长的双腿一屈一蹬，在光滑的台阶上毫无用处地上下摆动，然后消失了。

再然后，他整个人都看不见了。后来的事情琼斯不忍心再看下去。他只记得那块被清洗的部位，那把邪恶的黑曜石解剖弯刀，那口金制的大口水罐，他曾瞥见一个教士端上祭台，那是用来盛……什么？

寂静仿佛漫长得永无止境。突然爆发出一声撕心裂肺的尖叫声，叫声仍未消散，而痛苦已然成为死亡。

祭台下面的旁观者们扑通下跪。一面黄铜大锣耀武扬威似的被敲响,只敲了一声。颤抖的锣声跟在尖叫声之后,逐渐平息下来。

一团湿漉漉的白色东西扑通一声坠落在祭台脚下,是被人从台上另一边扔下来的。眼睛闭着,似乎还在眨动,但那可能只是幻觉而已。在左边胸口的正下方,有一道薄薄的"V"型切口,红色的细流汩汩而出。

底下跪着的人群中发出深深的叹息声,带着宗教的喜悦。四溅的血点如同密集的黑雨,落在他们身上,好比一个东西被高举着朝着太阳,然后抖开之后落在下面的人身上。这时又飘来一股带着香气的烟雾,像一条蛇一般,盘旋着下沉、蔓延。

琼斯瘫软下来,睁大着眼睛,躺在牢房的地上,心如死灰。

慷慨赴死是艰难的,像刚才目睹的那种死法是彻头彻尾的惨绝人寰。

科　特

　　狱卒惊慌失措地反身沿着监狱走廊一路小跑，身后紧跟着监狱长。

　　"就在里面。"走到一排最后一间橱柜模样的裂口前，狱卒突然收住脚步，战战兢兢地说。

　　监狱长的嘴巴里还在咀嚼着满满一大口他离开餐桌时匆忙塞进嘴里的食物。他倒也不慌不忙，先把嘴里的饭咽下去，然后吩咐道："喂，傻子，打开呀。难道我长了一双能穿透铁板的眼睛？"

　　钥匙哐啷作响，牢门打开，露出里面的情形。

　　"把走廊里的灯拿过来。"监狱长没好气地说，"这么暗的光线，我的眼睛一时哪能适应的过来？"等待的间隙，他点燃一支烟，去熏走牢房里的恶臭。

狱卒取来了一盏油灯，昏黄的灯光瞬间照亮前方的墙壁，在房间里最终形成柔和的光亮。

科特的尸体侧躺在简易床上。一条腿搭在床头的外面，头半垂在另一头。由于空间的缘故，整个脑袋无法完全垂下来。两只胳膊分别大张在身体两侧。

他的脖子、喉咙和肩膀都呈黑色状，仿佛紫色的胎记一夜之间蔓延至此。他的喉咙也出现异样。似乎嘴巴错误地下移到这个位置，看似在张大嘴打哈欠，又好似在咧嘴大笑。

监狱长微微弯下腰查看，吹开他和死尸之间的烟雾，好看得清楚些。他点点头。

"可是怎么……"狱卒支支吾吾。

监狱长快速地打量了一下地面的方寸之地。他蹲下身，捡起一样东西。

"用的这个。"他破了案，"就是这个，在这。"那是一个小小的薄片，一寸见长，半寸见宽。

狱卒瞪大了眼睛好奇地看着。

"这是美国人做得漂亮玩意儿，在这里很难搞到。不过我以前弄到过一些。他们管这个叫……呃……叫，安全剃刀。他们美国人就用这玩意儿剃胡子。"

"监狱长,我不会惹上麻烦吧?"

"不会,你不知道他有这个东西。"监狱长让他放心。

"监狱长,您事先知道?"狱卒大吃一惊,倒吸一口凉气。

"那自然。那东西是经我手交给他的,是内政部长给的,千真万确。他说希望他来这里视察的时候,能看见犯人仪表整洁,而不是胡子拉碴的。实际上,特指的这一位。"

这时监狱长突然有所发现,立即俯下身子,把手塞进简易床和墙壁之间的缝隙里。他掏出一张皱巴巴的纸片,然后捋平了它。

"等等,这里有张纸条,可能是他写的。看上去像是用软性炭笔写的。"

上面写着:

我已经忘了西班牙语。

我已经忘了西班牙语。

我已经忘了西班牙语。

我已经忘了西班牙语。

克里斯

地牢地只剩下他一人,现在他可以躺下睡觉了。

人类不睡觉可不行。一旦有了充裕的时间,人类无论在何地、何种境遇下都能睡着。即便是在炼狱里,在地狱的魔窟里,人都能入睡。夜幕降临,他们便沉入梦乡。

睡眠是友好的。而梦醒时分是残酷的。在梦里,他回家了,回到了自己的国家,他的美利坚合众国。有时候,他刚醒过来,眼睛还没睁开时,美妙的幻想还能再持续一两分钟。是的,在紧闭的眼皮的另一端是巴尔的摩。只要他一抬起眼皮,就能……

于是他睁开眼睛,刹那间就回到了地牢泛青苍白的氛围里。他躺在地上一动不动，毫无缘由地惩罚自己，为了惩罚而惩罚。出于一种已经消亡而模糊的原始部落般的道义。

梦里似在醒着，醒来恍若梦中。

不是地牢里的黑暗，他应该能够承受那份黑暗。不是因为被镣铐的事实，他应该能够承受这种束缚。事实是，在地牢之外是更大的监牢，在他手腕上的镣铐之上是更大的镣铐。他被囚禁在一个错乱的时空里。

他备受孤独的折磨，这种命运从未降临在其他人身上，命运之残酷，几乎无人能够承受。他不禁哑然失笑地想到，自己有时想弄明白，是否所有的年轻小伙在翻开历史书或者冒险故事书时，都曾闪现过一念头，希望自己能够穿越时光，回到历史上更为壮阔的时代，而如果他们得知穿越回去的真实感受时，正如他此时此刻的感受，还会坚持那个梦想吗？

是的，无数次他在深夜里暗自轻声哭泣，不是痛得要哭，也不是怕得要哭，是陌生感使然，无法用言语解释的陌生感，无法用常理理解的陌生感。这种陌生感击垮了他，将他的克制和勇气击得粉碎，他双手紧紧捂住脸，不让自己听见哭声，接着又把脸压平在地上、在墙上，强迫自己大口地喘着粗气，喷出湿气，以此来掩盖哭泣声，直至脸颊生疼，牙齿发颤，喉咙发紧，无法呼吸。尽管如此，他仍然找不到答案。陌生感，无法解释的所见所闻。陌生感，攫走了所有的信念支撑。毕竟，如果对曾经了解或者确信的事情失去了依赖，勇气又能从何而来呢？

但这种情况并不总是发生。有些夜晚，他会怒气冲冲地躺着，暗自盘算着毫无头绪的计划。有些夜晚，他心灰意冷地躺着，天塌下来也不为所动。渐渐地，这些情况越来越少发生，更多的夜晚，他只是在酣睡，梦到过去，也就是未来。六个月前的过去，是他此时五百年后的将来。

有一天晚上，他梦到回到庄园，听到克里斯在黑暗里和他说话。他看不见她，但他听出她的声音。她在黑暗中喊他的名字，又不敢大声喊。看起来她不在他的身边，而是站在门口或者空地上，他自己在房间里，可是他能听见她小心翼翼地叫他的名字。那是细柔的耳语，是窃窃私语，一遍又一遍，不厌其烦地冲破黑暗，撞击他的耳膜，就如同有人不停地朝着窗框扔石子，直到终于成功地引起窗后的人的注意。

"拉里。"接着，"拉里。"再接着，"拉里。"

漆黑夜色里轻柔的呵气。

他的头转过去，蒙眬地呓语道："马上就来，稍等片刻。"

他被自己的声音惊醒了。有人"嘘"的一声警告他别说话，那嘘声仿佛是从睡梦中逃出来的。

他闭着眼躺了一分钟。他以前还从未梦到过她。只梦到过米蒂。没梦到过这个孩子，待在埃斯康迪达那几个云山雾罩的星期里，他几乎没怎么留意过这个孩子。

"拉里。"

还有人在轻声呼唤,而梦早已醒来。他一下子从墙壁边弹开,直挺挺坐起身来。

"拉里。"

他踉跄着站起身,没有拴着锁链的胳膊在黑暗里划拉着,想把黑暗划分成几块。"克里斯!你在我旁边吗?"

"不在,我在里面的走道上,靠着牢门。我在一个洞口的旁边。"这时,因为他想往前走,便拉动着铁环发出"嘎吱嘎吱"的声音。她说道:"嘘!"

"看守呢?他和你在一起吗?"

"他在地上睡着了,在外面的空地上,就在走廊口。我得……我得跨过他的身体才能进来。我还得原路返回,从他身上跨过去。"

他尽最大可能靠近她,摇摇晃晃地,快要失去平衡。

"我一路上端着从空地上过来。"她轻声说,"你靠过来了吗?把手伸出来,看看你能不能够到它。"

那只自由的胳膊扇打着黑暗。

"我给你带了点东西过来。在我手里端着。我怕它会掉下来,这样的话,看守就听到了。"

突然,他乍开的手指碰到了一样冷冰冰的东西,一把黑曜石小刀的刀柄,她也和他一样盲目地挥着。在触碰的刹那间,浓厚的情感使两人战栗,这是几个月来第一次善意的接触。他的手握住了刀，然后从她手中接了过来。刀很短，但足以弥补两人之间的距离。

"派得上用场吗？能帮到你吗？"

"当然能！"他感激涕零。"箍环是金属的，但把我绑在上面的像是皮绳或者纤维质地的东西。我能把它锯断。"

"我把它藏在身上藏了一个多礼拜。我每天晚上都想方设法溜出来把它拿给你。今晚终于等到了机会。以后你可以开始挖这个木栏。别在一个晚上干所有的事情。否则会被发现的。我现在得回去了。"

"等等，克里斯。"他哀求道，"现在别走。让我再和你多说一分钟的话。能说话真是太好了。"

"我明天晚上再过来。我今晚要是待得太久，我就再也回不来啦。要是被抓住，你懂得，就没有下一次了。她不知道什么叫慈悲。"

他不知道自己在说什么，像是神志不清时的谵语。"再说点。说什么都行。我要听到说话的声音，不管说什么。哦，我太寂寞了，太痛苦了。"

"我待的时间太长了。我就睡在她旁边的地板上。她随时都可能醒，马上就会发现我跑了。进去神庙还要爬一大截台阶。我带下来一只空水罐，用它来作掩护，我把水罐搁在台阶上。明天晚上。你能照顾好自己吗？"

"我能。"

"明晚见。"

幽暗中传来她的衣衫窸窸窣窣的声音，接着就再也没听到任何声音。他在心里默数着她走出走道所需要的步数，然后抬脚跨过横卧的看守。在她跨过去的那一刻，他也悬着心，耳朵紧贴在厚实的墙壁上，提心吊胆地侧耳倾听有没有传来灾难性的动静。睡意蒙眬的咕哝，咆哮的盘问，再后来，便是大祸临头。

然而，什么都没发生。一分钟，两分钟，三分钟。她成功了，她安全脱身了。夜色沉寂，一片空茫。

他向里挪动着屁股，往墙壁靠近，立即着手锯断绑在手腕上使他和箍环固定在一起的皮绳。

第二天晚上来临了。轻声呼唤他的名字如约而至。她来了。他在前一天黎明之前就已经从铁环的拘束中解脱了出来，但整个白天他还不得不背靠着铁环躺着，把胳膊压在身体下面。他们在送饭时已不再仔细地打量他。他的肌肉还很虚弱无力，由于长时间的束缚，其活动能力仍然未知，不过，他一天都在不停地按摩着双腿，天黑了之后，更加安全，可以放开了去做，他便独自在牢房里练习动作，走来走去，屈伸双腿。

他蹑手蹑脚地走到地牢的另一边，伸长脖子把脸贴在孔口上。隔着孔，他也能感觉到她呼出的热气迎面扑来。此时此刻，只有这方洞口横亘在两人之间。

"昨晚你走了之后,我干了一晚上。天亮之前我就解困了。一开始我还哭了,但我对自己发誓不要告诉你。可现在,我见到你的第一件事就是……告诉你。"

"你知道我现在在干吗吗?"

"让我摸摸你的眼泪。让我的手触摸你的泪水。"他的指尖轻轻地拂过她的脸庞,一样温热、潮湿的东西滚入他的手里,打湿了它。他收回那只手,然后贴到嘴唇上。

她在轻声细语地说着,他不愿错过她说的一个字。

"我找到一个他们用的东西。我不知道是什么。植物根茎的粉末。我猜是麻醉药。我在她喝水的水罐里放了一小撮。我不敢下太大的剂量,怕她能觉察出味道不对。那东西让她睡得更沉一些,这样我也安全些。"

"让我握住你的手。"

他的双手握住她的一只小手,而她把另一只手也放上去,四只手打成了一个结,盼望之结,希望之结。他亲吻这只结,而她见状,也立刻亲吻了上去。

两人不约而同地深深叹了口气。

"多么美好啊!我现在不再孤独了。"

"我现在也不害怕了。"

他松开手,把双手从孔口里探出去。"把你的脸再凑近些。靠近我的脸。"

四唇相合,他如饥似渴地疯狂亲吻着。这个吻让他明白、使他确信一个始终未曾挑明的事实:我爱她。这才是我的爱人,我唯一的爱人。不会再有其他人了,再也不会。今天我才明白过来。太晚了,可是我明白了。

他紧紧地把脸贴在她的脸颊上好一会儿。"我爱你,克里斯。抱歉我……有点过于激动,可我刚刚才明白过来。"

"我可很早就明白了。"她伤感而干脆地说,"早到我都记不起是从什么时候开始的。"

他再次亲吻她的双唇。亲了又亲,亲了又亲。"第一次出于真爱的吻感觉怪怪的。我这么做对吗?该这么做吗?连我都不知道,因为我以前从没这样做过。克里斯,我有没有吓到你?"

"没有,你赶走了所有的恐惧。统统都赶走了。你中止了噩梦,让白天再次降临。"

两人缠缠绵绵,行走在锋利的剃刀边缘。她没有问及她的父亲是否和他待在一起。他不确定她是否知晓她父亲的事。她肯定知道,否则的话,她应该想和爸爸说话。

"克里斯。"终于,他踌躇着开口道,"你知道……我是一个人待在这里?"

"我都知道。我一直假装他还和你在一起,只是他睡着了,所以听不到我俩的说话声。"

"可是,当你把那把刀留在身边的时候,你是不是想要……"

"没有，我拿那把刀只是为了你。我要你活着。拿刀杀了她，这就意味着你会死，我也会死。你是我的刀。你是我的右臂。现在还不是悲伤的时候。现在还不是仇恨的时候。我此时此刻只想着你。"

两人一起合计着最后的计划。"我已经进行到了一半的阶段。"他说，"我的胳膊松了绑。只剩下栅栏门了。还得多用一个晚上。因为我俩必须在我撬开门的当天晚上一起逃走。白天我能把铁环藏在身后，但没法把门藏起来。"

"你觉得你能把它撬松动吗？"

"我肯定能。今天一整天，我躺在地上，一直上上下下地打量它。既然我能平稳地站起来，既然我手里有了把刀，我就能从门缝里把手伸出去，然后解开系在两个铁环上的皮绳。门上面只有绳子系着，他们开门的时候我留意过。"

"那么，也许我现在就进去帮你解开会更好一些。"

"不要。"他说，"那是我该干的。今晚时间已经过去很多了，如果我俩现在出去的话，没过多久天就亮了。我们得趁着夜色逃出去，那是我们唯一的可乘之机。明天黄昏时分我就开始干，而你一看到月亮升起就赶紧溜出来。"

"明晚是月圆之夜。那将对我们有利还是不利？"

"一开始不利，但等我们从这片居住区逃出去，钻进丛林里的时候，就对我们有利了。"

"我现在得回去了。等月亮升起来，我就过来。"

"不害怕了，是不是？就要回家了，再过一个晚上，再过一天。"

"既然你这样说，我就不怕了。哦，小心行事。我们很快就要逃出去，就差一个晚上。为了我们俩，小心点。"

"为了我们俩。"他许下誓言。

两人依依不舍地吻别。

"还有明天一个晚上。"

还有明天一个晚上。希望拥有太多的明天晚上。希望从未用完明天晚上。希望一贯如此，无一例外。

女祭司米蒂

他的时机把握得恰如其分,简直不可思议。月升前一刻钟的光景,他感觉到绳子突然一松,他知道在小刀不知疲倦地来回锯动下,最后一截绳子被割断了。如果他愿意冒险让栅栏门发出"嘎吱嘎吱"的声音,两分钟之内门就可以移开。他无声无息地把门打开,没有发出一丁点声音。一侧肩膀顶着,两只胳膊紧紧按着,把门拉向自己,而不是往前推。他一次只开零点几英寸,然后就停下,即不让木头也不让自己的身体失去一点点平衡,这样一来,木头完全没有机会发出一点声响。

当缝隙开到大约一英尺宽时,他停了下来。足够宽了。两只手死死抱住门的两边，然后侧身挤出去。没发出响动。

这时他突然意识到，自己出来了，自由了，仿佛是滞后的反应。在此之前，他一直专注于行动操作细节本身。他一时之间头晕目眩，身体摇摇晃晃，他赶紧手掌撑住墙壁，不让自己一个踉跄撞到木头上，坏了逃跑的大事。

他的心在歌唱，而这颗心从未歌唱过。我出来了！我来到了天空下！在天空下，我跟你说！

他还没发觉她不在这。事实是，他当然发现了，但还没顾得上去为此担心。

他像动物一样四肢趴地，牙齿咬着刀片，沿着走道蜿蜒匍匐，前面就是走道入口，看守横卧睡觉的地方。

一只手掌，另一条腿的膝盖，然后换只手掌，再上另一条腿的膝盖。死死地扒在地面上。

不会有善心大发，不会有男童子军道义和公平竞争的伦理。他是置身于原始人之中，他要按照他们的行事准则大开杀戒。

现在他能看见看守的腿横跨在走道入口，他的上身肯定就在旁边。

跨过最后一步，接下来就再没有需要逾越的空间了。他几乎已经在看守的上方。然而，他无法从这边跨过去，无法从里面过去，墙挡住了去路。他摇晃着站起身，嘴里仍然咬着刀。他尽最大限度跨出一条腿，脚落在看守双腿的外侧。他一时失去了平衡，身子在墙壁和看守的腿之间摇晃了几下。于是他铆足了劲，轻轻地朝着看守的另一侧抬脚，然后在熟睡的敌人身旁落地。

那个人仰面而睡，鼻孔朝天，裸露的胸肌层次分明，如同石阶逐级往下降。

恰在此时，月亮出来了，刚好赶上了死亡。月亮还为这个场面送来了适合的配色：火烧般的铜红色。

他伸出手，张开手掌，遮在心脏的位置。仿佛是在做个记号，仿佛是在命令它老实待在原地不动，只要再待瞬间就好。他把手伸向自己的嘴巴，收回来时手里握着刀。

嗜血成性的月亮不耐烦起来，月色渐渐变淡，转为黄色。

有一块不大不小的平面石头躺在那里（看守用了一块更大的平石来垫着头）。另一只没有拿刀的手捡起石头。他将手中的刀垂直对着心脏。他高举石块过头，抡圆了胳膊，猛地一砸。

只听"咔嚓"一声，石头撞停在刀上。他任由石头顺着那个人的尸体滚落下去，他无力地跌坐在尸体旁边，刚才的一击用尽了他全身的力气。

那个人向一旁倾斜着倒下去，然后便没了动静，一直保持着那个姿势。

他再次抬起头看了一眼那个看守，唯一的变化是那个人先前闭着的嘴巴现在张开了。只有刀柄露在体外，其余的部分都插了进去。

他站起身，将那人的两只脚踝交叉起来，这样他好抓住它们，然后一点一点地拖着尸体转过入口，拖进走道，最后一直拖到栅栏门的旁边。

他接着开始拔刀，他一只脚抵着尸体，这才费力地将刀拔了出来。里面太暗了，他完全是摸黑凭着感觉干的，这样倒也好。他在夯实的地面上摩擦着刀的正反面，把上面的血迹擦掉，完事后，他将刀别在身上，回到入口去等她。

月色苍白，如失血般惨淡。

他站在那里眼观六路，耳听八方，翘首盼望，期待她的到来。万物静止不动。万籁俱寂，渺无人踪。

她说过，月亮升起的时候，她就来这里。月亮已经升起有十分钟，十五分钟了，天知道到底多长时间了？每过去一分钟，他们的机会就流逝掉一分钟。他痛苦地回想起她曾说过的一句话，现在看来似乎是不祥的预兆："我要是待得太久，我就再也回不来啦。"他们可能已经……他们不会的，是不是？他们当然不会的。他们为什么要那么做呢？既然他们能把一个上了年纪的人的心活活地割裂开——这是他亲眼所见——那么他们又有什么理由饶了她呢？只有在中世纪，欧洲的骑士精神会区别对待男女，不伤害女性。原始人对此一无所知。而她，另一个她……以前他曾从什么地方听说过，女人对付女人时比对付男人还要残忍得多。这样说法也许对，也许不对。他只知道她现在不在这儿，月亮已经升起，她肯定出了什么事情。

他只好亲自过去找她，想方设法找到她，把她救出来。如果一切还为时未晚的话。一个念头钻了出来：假如我离开这里，假如我动身去找的话，她可能从另外一条路过来，那我就完全错过了她。如此一来，我们俩就永远都找不到彼此。

他三次鼓足勇气走出浸着鲜血的门道，三次又退了回来，每次没走几步，脚下便开始踟蹰不前，只得垂头丧气地返回，再多等一会儿。

月亮已经高高升起在头顶，远远的，缩成网球大小。玛雅人的月亮，阴魂不散，孤独寂寞，仿佛又回来寻找自己了。寻找十五世纪的月亮。

他现在所做的事情，如果在一年前，他是不会做的。毕竟，此时的他已不是一年前的他。长时间的独处，囚禁，恶食寡水，使他失去了男子汉气概。他把阴影误以为是她，绝望地低声念叨着她的名字："克里斯！克里斯！快点啊，克里斯！"而那些阴影原地不动，丝毫没有靠近一步。他转身弯起胳膊，趴在走道的墙壁上，将脸埋了进去，他痛苦得五官在扭曲，身体在发抖，却没有眼泪流出来。他沮丧地拍打着墙面，然后赶忙住手，因为拍打声会招来麻烦。

突然，他离开了藏身之地，这次，他心里明白，不会回头了。要么和她一起死，要么找到对方，一起逃走。自由诚可贵，爱情价更高。

见他走出阴影,来到月光下,玛雅之月似乎膨胀起来,幸灾乐祸地看着他。即使过了五百年了,仍然对死亡如饥似渴,乐此不疲地俯视着大地。

他努力找准方位,好几个月之前,他只看过一次周围的景致,那时候刚经过大山里的长途跋涉,他的眼睛困倦无神。如今情况更为糟糕的是,整个天地只有黑白两色,黑色块,白色块,没有过渡色。

不过他还记得他们被带往神庙的方向,米蒂进到里面,把克里斯也带了进去。他还记得庙门的形状,底下宽,上面窄,呈埃及金字塔状。放眼望去,前方正好有一座相似的建筑,在月色下呈现出乳白色,而月亮照不到的地方是漆黑一片。满天星光的映衬下,神庙的立方体上层鬼影幢幢。

他蹑手蹑脚贴着墙根往前走,尽量躲在墙壁的阴影之下,以防周围藏着仍然清醒睁着的眼睛。在通过两个房子之间的空地时,他快速地窜跳过白色地带,躲进黑影之中。

终于,他来到了那座塔状入口前面,警惕地停在门口。月光均匀地洒在门内门外。里面必定有个露天的院子,门梁在中间形成了一道方形的黑色桥梁。

就是这。刚来的那一天他就是眼睁睁地看着她走了进去。

他从巨大的石梁下通过。石梁在他身上投下一条黑带,仅此而已,接着他重新沐浴在满月的清辉之下。再过去一点,是一个外围的院子或者场院，类似于干涸的护城河，起到隔离神庙和围墙的作用。

很快，他来到了进入庙内的大门口，比第一座门小一些，黑乎乎的，如厄运般漆黑，似劫难般黑暗。庙门很高，在数级台阶之上。在最下面台阶的两侧，各有两样东西，分别让他畏缩了。

一边是一个哨兵，缩着身子睡着了。其实，他的警戒范围是在台阶的侧面，而不是在上面。另一侧躺着一个空陶土罐，像是用来盛水的，此刻被丢弃在那里。水罐不是直立放着，而是侧躺着，好像已经在地上打了好几个滚。看起来像是端着水罐的人本来以打水为借口，后来被识破了，拦住后被强行拖了回去。

他悄悄地向台阶潜行。有那么一刻，他打算把哨兵杀死，用方才杀死另一个看守相同的方式。而那个睡着的身影纹丝不动，这为他自己争取到了一条命。当前的第一要务是先找到她。晚一点再动手也不迟，等他们出来的时候，如果有必要的话。

他侧身走上台阶，刀握在手里随时出击，脸朝着下方沉睡者的方向。

片刻之后，黑暗吞噬了他，仿佛他已与黑暗融为一体。

进入庙内之后，台阶依然往上走。手摸着一侧的护墙板，带着他一路往上走，每一个踩点都小心翼翼，每一次踏脚都万分小心。

这时，迎面渗出一束昏暗摇曳的光。不知不觉中光线渐渐加强。黑色的墙壁和楼梯先是一点一点变成昏黄的琥珀色，接着棕黄色，最后是深金色。光线在他身后投下一道影子。至少现在借着灯光他能看见了。在上面的某个地方，肯定有盏灯或者别的光源。

他爬到了楼梯顶，在那上方又是一个缺口。幽暗的光线就是从那里渗出来的。

那里是一间影影绰绰的内室。他看见在远远的另一端还有更多的台阶，在月光下，惨白的台阶升至夜空中，台阶的上方没有屋顶。或许这些台阶可以直达神庙的最高处。

不过他没有必要上到最高处。她们就在这里，两个人都在。

一个盛着灯油的容器里吐出一条仅有的火舌，懒洋洋地摆动着，看样子是一盏灯或者三角香炉。他呆立在原地，难以置信地打量着这个地方——迷信之地，鬼影之地。对面靠着墙壁，摆放着一张低矮的平板床，上面铺着数张豹猫皮，床上静静地躺着一个人。人已睡着，一只胳膊拖在地板上。墙边并列放着大大小小的罐子，他无法判断罐子里面盛的是水还是化妆品，或者根本就是空的。一簇蜂鸟羽毛粘在一根棍子上，想必克里斯的职责之一便是给她扇扇子。此刻那把扇子被弃置在一旁。

在那里的另一边，靠着墙缩成一团躺着的是克里斯扭曲的身体，她也睡着了，但手臂被硬生生地绑在身后，和他不久前的状态一样。她身上穿的破烂上衣或者衬衫被扯到背部，即使隔了一段距离，他觉得自己也能看到后背上发泄的痕迹，看上去她不久前刚挨过打。

他小心谨慎地横穿过空荡荡的石头地面,来到她的身边,他的影子投射在她的身上。他先瞅着另一个她片刻,以防不测。她纹丝不动。

他回到克里斯身边。他蹲下身,把脸凑到和她的脸同样的高度。现在关键是要在给她松绑之前把她唤醒。否则她被惊醒后会叫出声来。他伸出一只手,轻轻地盖在她的嘴巴上,随时准备用力捂住它。接下来,他轻轻触摸着她弯曲的裸露肩膀,在她耳畔如气语般低声呼喊她的名字。

她的眼睫毛呼扇着睁开,一双碧眼,双瞳剪水,一如他记忆中庄园里的那双美目,率真无邪,神采依旧。它们目睹了世上的罪恶和悲伤,但依然纯真烂漫。少女的眼眸,没有一丝阴影,不藏一点秘密。

他紧紧地按住她的嘴巴不放。他感受到她的嘴唇主动抵住他的手,那是在亲吻它。看来现在不再需要捂住她的嘴巴了。

"拉里。"她充满感激地低声唤道。一滴晶莹的泪珠挂在眼角。

"稍微转过去一点,我把绳子解开。"

"我早些时候带着水罐,到了台阶的最下面。他醒了,把我拽回到她这里。她准备今天把我俩都杀了。"

"不,我们今天不会死的。"他咬牙切齿地说,"现在什么都别说了。"

绳子刚一松开,她的双手便一把搂住了他的肩膀。两人一下子摔倒在地。"拉里!"她瑟瑟发抖地向他发出警告,自己靠着墙蜷缩成一团。

他转过身。躺在豹猫皮褥上的她把头抬了起来。如果她恶狠狠的眼神里的那股杀意能飞出来的话,就能把两人杀死在原地,她的眼睛里满是仇恨。她的嘴巴叽里咕噜地说着他们的语言,冲着他恶语相向,厉声呵斥。她和躺在身下的那种动物如出一辙,心里既怕他,又生气他靠得这么近。似乎受到了不可言语的侮辱,令她震怒不已。

"瞧啊,你醒了。"他冷冷地说道,声音虽然不高,但充满了愤慨。他离开克里斯,一步一步向她走去。

她机警地身子往后一缩,手里抓着豹猫皮,拉到身后,做出防备之态。

每当人们遭到无情背叛时,便会怀恨在心,恨意虽不强烈,但总是隐隐作痛,此时此刻,他的内心便充斥着这种恨意。

突然,她宛如一只动物般灵敏地跳起身,往楼梯方向窜去。不是他刚才从下面上来的楼梯,而是房间内部通往神庙屋顶的楼梯。

克里斯突然大叫:"拉里,小心!战鼓!鼓在上面。她要……"

他冲刺般地追过去,赶上她,拉住她的胳膊,猛地抡了一圈,将她掷倒在身后房间的地板上。她冲着他一龇牙,那张被仇恨扭曲的脸庞是他迄今为止所见过的最致命的一张脸。

"拉里。"他听见克里斯小声说,"我俩现在没救了。你用手碰到了她,那就意味着死亡。"

他没有转头去认领这种亵渎。他死死地盯着米蒂,他满腔的仇恨几乎与她的仇恨势均力敌。

她企图站起来。他按住她的肩膀,粗暴地把她拽回原地。

"拉里。"克里斯压着嗓音不住地恳求,"拉里。"

米蒂终于开口说话了。说的是英语,断断续续地,仿佛她早已失去了语感。"因为你,我丢掉了灵魂。因为你,我下到了地狱。"

"那才是你该去的地方。"

"我祀奉神。而你却玷污了太阳的贞女。火一般的眼睛高高在上,什么都逃不过它的明察秋毫。"

他"啪"的一声,朝着她的脸上扇了一巴掌,发出玩具手枪般的声响。"因为碰过你,我才是那个被玷污的人,而不是你。我可以原谅你对我的所作所为。可你对这个孩子所做的……还有你对她的父亲所做的……"他把胳膊往后一扬,做出再抡一巴掌的姿态,但最终还是没有下手。

她使劲往后退,尽力远离他,头撇到一边,仿佛连看他一眼都无法忍受。

他的胳膊徒劳而返,黯然垂下。

"拉里。"克里斯胆战心寒地悄悄说,"拉里,月亮快下山了。再过一会儿就来不及了。"说着,她拽了拽他的胳膊。

他没有回头看她,而是仍然面对着米蒂。"那个晚上,我干吗会开车迷路啊？迷路就迷路了呗，我干吗要去敲十字路口那栋房子的门问路呢？你躲在楼上房间的窗户后面，伺机而动，在我转身离开的时候，丢下一张小纸条给我。还不止这些。第二天晚上，我还得返回来，第三天晚上，整整一个礼拜，朝你房间的窗户扔石子，在窗口下站一个小时和你说悄悄话。于是，我便产生了一个聪明绝顶的好点子，我要把你从'邪恶的监护人'魔爪下解救出来。解救这件事本身没有错。我才是需要被解救的人，而不是你。加勒哈德[1]，那就是我。和故事书里的传说一样，为了一张在月光下窗口出现的面庞而陨落。因为你说起悄悄话来好似莺声燕语，你的身子探出窗口，而你裙子的领口总是……我正值青壮之年，恰逢春季，空气里弥漫着苹果花的香气。"

"痴心妄想的又怪又丑的人。"她不屑一顾地说，"丑陋的人，丑陋的房子，丑陋的行为。爱情……呸！"她朝着他的脚下啐了一口。"相互用嘴唇啄来啄去，活像鹦鹉在啄枞果。是的，我记得那场噩梦，你又把它唤醒了。不过，我还会忘记的。等你死了，噩梦就会消失，再也不会回来。

"我们在一座桥上相遇，我不知道怎么相遇的。你来自一边，我来自另一边。现在，桥塌了，我们分道扬镳。我向我信奉的神赎罪。就让你的神来拯救你吧。

"有人已经告诉我事情的经过。你们的两个人来到这里，在我

---

[1] 加勒哈德：亚瑟王最英勇的骑士。

们的山谷里发现了我们。他们砸开了我们的逝者长眠的地方，并把他们一个接一个地拿出来。他们在纸上写写画画，做了很多记号，还不停地发出闪电般的亮光。我发烧病得厉害，昏睡不醒。我们的人就把我放在山洞阴凉的地方等死。那两个人发现了我，判断出死神还没有收回我的命，是用你们的办法诊断出的，而我们没有那样的诊断方法：摸我的手腕，用长长的探针听我的心脏。

"于是，他们清空了一具早年先人的圣棺，把我放了进去。他们把圣棺绑在一个小小的灰色动物的后面，他们带进来不止一个那样的动物。躲在丛林里的眼睛看着他们的一举一动。他们就这样把我带走了，而我的人阻止不了他们，因为他们有铁手指，能瞄准，能喷火，还能在弓箭和长矛的射程之外把人杀死。我的两个人靠得太近，就死在他们手下，还有一个被打中了胳膊，我们只好送他上了西天。"

她一边说，一边偷偷地接近他。这时，她开始站起身，靠近他。她眼里的仇恨，被蒙上了一层面纱——眼皮半开半合。

他怔怔地看着，无法将目光从她身上移开。

"拉里！"他听到克里斯惊恐地倒吸一口气。

喊声里带着刺耳的尖锐，使得他不由地扭头回看。

那个武士，台阶下面的那个哨兵，就站在他身后，恶狠狠的眼睛贼光闪闪，犹如在他脸上的裂口里缝了两片黑色的亮片。刀已高高举起，蓄势待落。

克里斯的尖叫声和尖刀在空中的挥舞同时发生。

他本能地腰一闪，一个腾挪，躲了过去，武士连刀带人一起向他压过来。他腾腾后退，退到了平板床边，抬起一只胳膊去抵挡对方挥刀的手臂，如此一来，刀尖偏移了方向，往外斜着刺下去，只听"咔嚓"一声闷响，刀深深地插进了暴露在外的肩膀后部的皮肤里。

两人侧身躺在地板上，纠缠在一起，有那么一瞬间，他惊恐地感觉到仿佛有一只章鱼在他身上疯狂地蠕动着。刀被拔了出来，再次举起。但再也没有落下。

他自己身上的刀从腰带里抽了出来，但不在他平常惯用的那只手里，再说，两人身体之间没有足够间距去对准猛刺。他只得将刀尖冲上，出其不意地往前一推。刀插进了身体的某个部位，或许是腹部，根本没费多大力气，几乎感觉不到插了进去。一开始他还以为完全刺空了地方。

这时，刀柄变得温热起来，几乎有点滚烫，吓得他赶紧松开手，章鱼般的双手双脚停止了蠕动，一整块从他身上滑落到地上，留下冒泡的红色条痕，仿佛身上被油漆刷子刷了一道似的。

武士的嘴巴微微张大了些，露出更多的发黄长牙，仅此而已。亮片般的眼睛彻底消失在两道皮肤紧闭的皱褶里了。

"太阳怎么没有设法拯救他呢。"琼斯大口喘着气，这话不知是对谁说的。

他回头去看,发现她早已不见了踪影。他赶忙跳起身。克里斯趴在通往屋顶的台阶脚下,看起来她曾试图去抓住米蒂,但被踹了下来。她手指着上面,吓得僵住了,指着神庙的屋顶。屋顶上立着一面战鼓。

他懂了。他飞奔上台阶,三步并作两步冲了上去。当他来到顶层建筑的平台时,满天繁星绽放在夜空中,熠熠星辉下,她的身影如同黑暗中的死亡幽灵。齐肩高的鼓面又大又圆,兀自矗立在那里,像是一口巨大的锅。鼓的下方有一个垫脚石块,供击鼓人站着捶鼓用的,而她早已站在上面摆好了姿势,胳膊向后高举过头,双手握着一个长柄棒槌样的东西,正要开始挥槌击鼓。

夜幕下黑色的剪影犹如这个部落的众神之一,邪恶之神,玛雅复仇女神。尽管看不清她面部五官,但她身姿的每一个线条都表达出内心的情感,身段中间部位向后弯曲,宛如一张引弦待发的弓箭。

情势逼人,现在别无他法,唯有扑身上前,以求能及时将她扑倒在地,趁那致命的鼓点还未捶响。他猫腰冲了上去,首先撞击到她的肩膀。鼓点未曾响起。她的双臂如剪刀般大张开,鼓槌从手中脱落,从大鼓旁滑落下去,没有造成任何危害。她在高处摇摇晃晃地失去了平衡,摔落到垫脚石的另一边,身子撞在屋顶边缘宽矮的护墙上。他几乎是手脚并用地爬下来,而她的后背仰靠在护墙上。她就这个姿势躺了一会儿,无助绝望地躺着。大部分的身体重量都悬空在外面。

她如困兽般双手拼命抓挠着,试图抬起上身。在这千钧一发之际,他趴在地上,伸手想拉住她的手,想要救她,这个举动更多出于本能,而不是意愿。出自他的乡土和乡民世代相传的本能。

两人的指尖相距不过数英寸。距离凝固了。无法逾越的距离。两人再次分开,如梦境般缓慢。

正如她所言:桥塌了。我向我信奉的神赎罪。愿你的神来拯救你吧。

他还趴在地上,她差一点就能够到的手还向前伸着,手里空荡荡的。他抬眼看着黑暗中那张苍白了无生气的鹅蛋脸庞,那一瞬间,他还能多看一眼。死到临头的那一刻,都回来了,她曾经对他所做的一切都回来了。那张脸向后掉落,从他的视线中消失。摔下护墙,落入夜色之中。奇异的开端,奇异的结尾。月色下第一次见到的那张脸,出现在他头顶楼上的窗框里。星光下最后一次见到的那张脸,相隔三千里之外,五百年之遥,摔落下屋顶飞檐,坠入永恒。

她的两只手徒劳地向两边抓着,试图能抓住矮墙的顶面。可这样反而加速了她的坠落,由于身体的加剧抽动,反而缩短了整个过程。

片刻之间,一切都结束了。似乎做了一场整夜的梦,在无止境的梦境中一一展现。她没有叫喊,只是在坠落前发出几声哽咽地呻吟。矮墙上面空了。她离开时与他初次结识她时一样，自始至终都被阴影笼罩着。

"米蒂。"他低声呼唤着她，那是他的告别。他明白，自己以后将再也不会喊出这个名字，如果他再多活四十年的话。他明白，他将努力不再去想起这个名字，而他也明白，自己做不到。

他没有往下看去找她。她和夜晚同在，她属于那里。就让夜晚守着她吧。

他回转身跑下台阶，内室里的油灯依然幽光摇曳。他急急地一把抓住克里斯的小手，而那只手也立即迎了上去。于是，两人手牵手顺着另一端的楼梯往下走去。

他们来到了神庙院子里。米蒂躺在阴影里，静谧、安详，恍若在熟睡中一般。

他俯下身看了一会儿，然后扶起她的肩膀。她的头不自然地往后垂，后仰得太厉害，以至于看上去仿佛什么东西松散开，被一根绳子吊着在一样。

"她的脖子断了。"他喃喃地说道。

他将她放平躺好。

"这就是她的下场。"他苦涩地说，"她死得太晚了，对我没有一点好处。她应该在我遇见她之前死掉。或者，反过来，我在遇见她之前死掉。"

克里斯站在他身边，充满同情地望着他。她的眼里只有他，即使在这个生死攸关的时刻。

他握住她的手。"我们一起离开这个该死的地方吧!我们还傻站在这里干吗?在这里等死吗?我们还有机会。至少得试一试!"

第二次夜逃

两人朝着庙院的门口跑去，迅速穿过他刚才进入的空地，两只手挽得紧紧的。庙墙之外，鬼影幢幢般的房子沉寂无声，恍如月光下的海市蜃楼。然而，他们知道，即将来临的死亡就潜伏在那里的每一幢房子里。没有人听到她从矮墙上坠楼的动静，或许是围绕庙宇的院墙把声音给消弭了。

"太阳升起之前我们都还有机会。"克里斯悄悄地说，"到那时他们就肯定会发现了。她总是在那个时候上到那里去，然后……"

"那么，我们得抢先一步。能不能事成，就看我俩了。"

他把她推到自己前面，一个在前，另一个在后，继续往前走，这样可以尽可能地缩在阴影里。走到最暗的地方时，他们便一路小跑，走到亮一点的地方时，他们便像玩跳房子游戏一样，快速地跑跳过去。过了一小会儿之后，那些低矮简陋的茅屋被抛在了身后，接着便再次回到了郁郁葱葱的丛林之中，这时，他们已走出了城区，所有一切付出都是值得的。

深入密林腹地，身边开始嘈杂起来，对两人的贸然闯入，枝条有的轻嘘，有的怒啐，有的抖动摇摆，不过他们所面临的危险已不再那么紧迫，毕竟不再因为有人睡在旁边，而提心吊胆地害怕这些动静会出卖他们的行踪。

他们走得很快，一路碎步小跑，但速度也不是太快，因为他们两个心里都明白，这将是一场对他们耐力的持久考验，如果一开始就过度消耗体力，到了后面，他们将筋疲力尽，而那时，或许更需要体力。因此，两人没有一直小跑，而是跑一截，然后快步走一截。

在他们还没离开神庙的时候，月亮就已下了山。夜色似一块悬空的黑幕，等待着破晓揭幕。两人时不时地抬头望望天，仿佛是在看一面钟。那是他们手头唯一拥有的钟表。

这时，他开口说："一旦他们开始追我们，我俩就不能再沿着这条道走。他们会直接沿着这条路向我们奔来，很快就能追赶上。到时候，我们得离开小径，从林子里穿过。"

"那我们怎么找准方向呢？"

"不知道。"他实话实说,"我们姑且能在小径上跑多远,就跑多远吧。"

他注意到,她开始有点泄气。仿佛受到了什么提示的激励,她往前冲刺了几步。

"累了?"

"不累,还不累。"

他不知道她是否在说实话。然而,就目前所处的境况来看,他经不起不信任她。她还是个少女,这一点对她有利。年轻力壮,仍可以为了活命而奔跑。

他们肯定是一直在朝着西方跑。她回头看了一眼,不是看他,而是看他们身后的天空,她还未开口,他便不安地发现,她回转过来的脸比身体的其他部分要煞白得多。他平生第一次如此痛恨天亮,不禁企望天亮得再迟一些。通常日光寓意着希望的到来、恐惧的终结,而对这两个人来说,它意味着更大的危险,甚至灭亡。

于是两人加快了脚步。"天开始亮了。"她警告说。

他听闻连忙扭头去看。拂晓的第一道光已然映在东方;远远的天边,气色氤氲,泛出鱼肚白,而不再是黑黢黢一片,仿佛经过了强力研磨清洗,褪去了所有的颜色。

漂白剂开始从天边洒向别的地方。树枝、蕨叶、树干渐渐地显出两种色彩,一边浅色,一边深色。克里斯艰难跋涉的身影在他眼前渐渐清晰了起来,尤其在走到遮天蔽日的密林中的一块空地时，看得愈发清楚。而在其他时候，他们穿行在如隧道般狭窄幽深的林间小道上时，她的身影便与雾气朦胧的丛林融为一体，在夜色的阴影中显出深蓝色。

她的步履懈怠了许多。他现在不时地能靠到她的后背，而前面总是跟在她的脚后跟走，从这一点便不难做出判断。他不想领头，因为他怕自己会把她甩得太远。

"要不要歇一歇？"他终于不忍地问她。

她简直喘不过气来。"还不用。"她边喘气边坚毅地说，"再等会儿……我可能得歇歇。我不愿意浪费了目前这个先机。"

他一把搂住她的腰。"靠我身上，这样可以减轻点你身上的重量，脚的负重就会轻点。"

这最多只算是个笨拙的权宜之计。他们俩得在枝繁叶茂的丛林密网间开辟一条能容下两个人并排走的小路。她减轻了点负担，但仅此而已，更糟的是，他们的速度慢了许多。于是，他们决定摒弃这种做法，仍然单列前行。

他看了看身后。"就快亮了。"他说。

东方此刻已是一片橙黄色，似乎地面上蒸腾起某种肉眼看不见的化学药剂，融入天空，天际因而一派云蒸霞蔚的景象。令他沮丧不已的是，他们身后的一幢幢石头形状屋子仍然清晰可见，近在咫尺，不管从密林哪个盘根错节的缝隙间看过来，都能随时发现他俩。神庙依然耸立在天空之下，高大雄伟，不可撼动，而不论他俩费了多大的劲想从它身边逃离，它似乎始终与他们保持着相等的距离。

"它们看上去还是挺远的。"他能听出她话中的失望哀叹。

大山，他明白她的意思。

是挺远的，他暗想，远到遥不可及。我们到不了那里，永远都到不了。他把这个念头闷在了自己的肚子里。

刹那间，一道金光如同从画笔的笔端甩出的水雾般，"唰"地一下从后往前，喷射过来，染亮了他们面前好长的一段路，还有路两边的树叶也被增添了亮色。

"太阳升起来了！"他俩异口同声地说。无须回头看，他们心里都跟明镜似的。

他们现在全速奔跑起来，如同两只小鹿。不再小跑，不再迟疑松懈。他们知道自己像这样跑不了多久，但心里也明白能跑多远是多远。那只火一般的眼睛——米蒂这么称呼它——此时在他们身后喷薄而出，复仇心切地死死盯着他俩。

脚下不停，他在心里默默地数数：一、二、三、四……

"咚"，在数到五时，一声沉闷的巨响在空中骤然炸开。轰隆隆地在后面滚动，好似从地平线上传来的打雷声。待第一波声响平息下来之后，第二声又轰然响起。接着，第三声。

报警的鼓声。

鼓点愈发催快了他们的步伐，脚下的大地仿佛在炙烤着他们的脚底。她发出无声的呜咽。

"没事的。"他边喘着气,边安慰她说,"鼓声早晚都会响起来的,现在停了,我们只管跑就是了。"

"我们这样还能跑多久?"

"还能跑一会儿,也不会太久。我们跑这么远花了近一个钟头。他们不可能在五到十分钟之内追上我们。"

太阳已升起,闪亮光盘的下部边缘完全跳出了地平线,想必它早就看见这两个人在艰难穿行一道雾气沼沼、密不透风的墙。阳光照耀下,密林夜晚的雾气蒸腾而起,尽管蒸汽只是暂时的,一会儿便会散去,但此时却令他们失去了方向。他不时地想到米蒂。太阳的热气让他想起了她,那是她崇拜的神。也许他们会死在它的手里,也许她就在里面,成为它的一部分。我是疯了,和她一样,他暗自念叨着,努力遏制住这个出格的想法。

少顷,蒸汽淡了,逐渐蒸发干了。另一种炙热、无形的蒸发取而代之——折射物将他们包裹了起来,仿佛他们周围是一面面湿答答、淌着水汽的镜子。

她越来越频繁地回头张望。他痛恨自己做出的放弃小道的决定,尽管小道又窄又难走,几乎有一半路不成路。有一次他们没有走小道,结果几乎寸步难行,毫无进展。这就好比认输,放弃了逃到山里的机会。可是,必须得这么做,如果仍然留在小道走,无异于坐以待毙,束手就擒。她步履蹒跚,东倒西歪,看来再走一会儿，她无论如何都得休息片刻，否则就会瘫倒了。

他尽量拖延时间，直到他觉得再不停下休息就会有危险了。自从他们听到第一声报警的鼓声到现在，已经过去半个多小时。或许时间还要久一些，毕竟他也无法知道确切的时间。

他一个踉跄，停了下来，喊了她一声，于是她也收住脚步，虚弱无力地转个圈，软绵绵地靠在他的身上。

"走吧。"他硬着心肠说，"这是一切开始的地方。"

两人离开了这条路，进入右侧，那里杂草丛生，湿滑缠结，他们脚下磕磕绊绊，走得异常艰难。这次由他带路。

这和他原先担心的一模一样，而且还要糟糕。尽管周遭的植物盘根错节，稠密厚实，但那条小道对他们而言，早已被切断了。他们只能在密林里开辟一条路，那里是名副其实的绿草羽绒床垫，在这无人踏足的地方披荆斩棘开出一条道来。即使两人有时彼此间相隔一只手掌的距离，他们就完全看不到对方脖子以下的身体部位，阔大的叶片或者半月形如流苏般丝丝绺绺的蕨类草，将他们阻隔开来。

但也并不总是枝繁叶茂的。有几块地方相对而言植物要稀疏一些，甚至偶尔还有小山谷和林间空地，那里要好走多了，简直如履平地。唯一麻烦的是，这些空地彼此之间相互隔绝，而中间地带几乎难以逾越，走在那里就好比实际上走在一棵繁茂大树的伞状树冠上，即便错踏一步，他们也不会从树缝间漏下掉到地面上去。

走了将近与上一条道路一样久——由于他们走得速度很慢，所以极有可能只走了一半的路程——他们俩一直在这植物泡沫上深一脚浅一脚地走着，最后他们误打误撞地走到了一处地方，迫使他们非得躲起来休息不可。如果再这么走下去，那就无异于自杀，况且他们两人目前谁都没有此意，即使他们曾经起过这个念头。一棵大树倒伏在地上，很难判断是被闪电击中的，或是其他什么原因。即使倒在地上，主干的高度也有齐腰深。上面攀爬着一种葡萄藤状的奇怪植物，沿着树身一直缠绕到地面，然而，在主干折断的地方，它却没有依附上去，而是从上面伸展出去，紧绷绷地，好似绿色的蜘蛛网。这样一来，紧挨着树干，它就形成了一座似是而非的凉棚或者小披棚。更妙的是，就在旁边，还有一道小水沟，走了这么远，他们还是第一次碰到水源。

他不许她立刻喝水，因为他知道这会导致什么结果。他把穿在身上的破烂衣服一角在水里浸了浸，然后揩拭她的双唇，按压在她的额头和脖颈上。最后，他才掬起几捧水，让她畅饮了一番，并答应稍后再许她喝水。

他们匍匐爬进这座小小的天然绿色帐篷里之后，顿时瘫软在地，一鼓一鼓的肺撞击着胸膛，如同膨胀的膀胱随时要破裂一般。

缓过气来之后，她轻声地哭了。他喜欢她这个样子，那是一个会哭的女孩，而不是那个该死的印第安美人，美则美矣，但毫无情感。"只想活下来而已，竟还那么痛苦。"她泣不成声。

"我知道,我知道很痛苦。"他找不到合适的话语来宽慰她。

他们在那里待了五分钟,正当他们能够平缓地呼吸的时候,他突然握紧了她的手腕,把它放下来,紧紧地握住,她会意,不要动。

四周没有一丝风吹草动可以表明有人来了。这时突然,围住他俩的绿色外墙裂成锯齿状的两半,一个身影闪现在眼前,距离他们蹲着的地方不到十码远。皮肤浅黄褐色,身体低伏着,眼神想要置人于死地,其行动之迅捷、无声、灵敏,这些都是他俩远远无法企及的。

那人如此之近,令他们震惊不已。那双黑豆般的眼睛似乎打量了一番盖在他们身上的绿色罩子,而他俩在罩子下面面如死灰、束手无措。那人带着蛇一般的脊椎扭动,往前滑行。锯齿状的另一半绿色帘子在他身后放下,重新闭合了起来,一切恢复了原状。

他松开她的手腕,除此之外,两人动都没动。她只是把手腕翻过来,掌心朝上搁在地上。

"好险。"他松了一口气,"他们也没有顺着小道来追我们。至少,他们兵分两路。"

"你刚才是怎么察觉到的?"

"我现在无法确切地告诉你。很可能是因为周围叽叽喳喳的虫鸣和鸟叫声有了异样。"他垂头丧气地说,"他们迟早会抓住我们的。"

"没到被抓住的那一刻就轻易放弃,又能有什么好处?"

这个意外之后，他离开过她身边两次，但每次都没走远，不是站起身走，而是匍匐在地爬行。一次是去给她取水，这次他把身上的整件衬衫都浸在水里，两人一起把水拧到嘴巴里；而第二次是去采摘一些浆果回来。

他自己先试吃了浆果，让她等一会儿再吃。后来，看到自己没有出现什么不良反应，于是才给了她一些果子。

接下来，他们静静地躺着，呼气、吸气，向死求生。别的什么都不做，一心等待友好的夜色降临。白天最安全的做法就是这样躲在一个地方不动。他们只需防备一种危险：敌人的行动。如果敌人在他们四周活动的话，他们就要面临两种危险：敌人的行动和他们自身的活动，这两种行为往往会在最出其不意的时候相互作用。

他瞅了瞅她，发现她的眼睛闭上了。她酣然入睡，脑袋枕在他的肩膀上。

这让他很欣慰。只有孩子才会这样睡着，尽管四面楚歌，命悬一线，尽管一片树叶的颤抖，一个草叶的翻转，都能引来杀身之祸。

他的眼皮也不由自主地往下垂，但他硬撑着，不肯合上。得有人放哨。

炽烈的阳光直射在他们的树叶罩帘上，透过无数个华夫饼网格状的十字缝隙照进来，射在他们身上，一块块鳞状光斑滚烫发热，简直就像透镜聚焦的焦点，身上仿佛覆盖着亮金属片。

经过漫长的等待，夜晚终于降临。他从未像今天这样如此期盼夜色的来临。谁吹嘘说热带地区眨眼间天色就会暗下来，如同降下一块帘幕？天黑得如此缓慢，但总算还是开始暗下来了。西沉的太阳红彤彤的。

他耐心等候着，争取时间。鳞状光斑渐渐暗沉。接着，她脸上反射出的贝壳般的柔光也黯淡了下来。凉爽的绿色和蓝色影子开始像真菌一样，逐渐填满所有东西的凹处。光正在撤离这个世界。

当黑魆魆的丛林上方只剩下靛蓝色的天空时，他叫醒了她。他用一种奇怪的方式叫醒她。至少，在那时的他看来是奇怪的。在她的耳边轻声唤着她的名字，轻轻地推动她的肩膀都没能奏效，于是他在她的额头上亲了一下，用一记吻将她唤醒。

刚开始她吓了一跳，看见四周漆黑一片，也想不起自己身处何地，她呆呆地看着头顶上覆盖着的树叶，然后向他扑去。

"没事的。"他连声安慰，"我们在里面，你不记得了？我们爬进来的。待会儿我们还得继续赶路。"

他又取了一些水给她喝，然后稍做停留之后，他先爬出去，再帮她爬出来。两人开始了第二段行程。

这一段路程将决定他们是平安脱险还是毁灭，他心里如明镜般清楚。在没有食物的情况下，他们的气力和脚力都无法让他们再支撑一个晚上。

有一小段时间，还可以借点天光。天黑的过程中止下来，甚至有些地方开始变浅。东方升起一团棕红色的薄雾,像是红砖粉尘飘浮在夜色中。一块小空地和一个小土包给了他们定向仪。他们在那里发现了一根杆子,走到杆子对面,那里还有一根。远处,神庙的轮廓在迟升的杏黄色月光下显现出来。那意味着,如果他们继续背朝着神庙往前走,保持直线的话,他们肯定能找到大山。两个人重新出发,丛林再次将他们包围起来,吞没了他们的身影。

前行异常艰苦。他没有砍刀或者别的任何工具来劈山开路。不得已只好想别的法子来穿行。遇到障碍物,他就绕开,或者从下面钻过去,如果空隙够大的话,更多的时候他把自己的身体当作临时防护墙,隔开一条路,让她穿过多刺的灌木丛或者荆棘丛。

有一次,他们遇到一段非常难对付的路,那里长满了攀缘植物,藤条松弹,枝枝蔓蔓,枝条有煤气管子那么粗。它缠住她的脖子,越缠越紧,令她寸步难行,上前不得,后退不能。他们不禁魂飞魄散地猜想,这会不会是有生命的物种,蟒蛇或者水蟒的变体,但实际并非如此,它不会动,它是植物。他发现自己无法用手把它扯开,他越是用力扯,那藤条就缠得越紧。他叫她把两只手掌从藤条下插进去,当作护板,隔开藤条和她的喉咙。他骂自己没有脑子,居然把刀留在神庙里,没有把刀从武士的身上拔出来。事已至此,他身上只有一样尖锐的东西来对付它了,于是,他便拿出来用,尽管她再三哀求他不要这么做。他的牙齿。

"可能有毒。小心点。别咬了。"

"不会有毒的。"他说,心里暗暗希望自己是对的。

他一口咬了上去,咬出满口的汁液,苦得辣嘴。但他还是完成了任务。他的牙齿反复噬咬,终于上下牙齿碰到了一起,藤条一分为二。

两人赶紧将藤条从她身上扯开,然后继续赶路。他一边走,一边费力地咯痰,咳了足有五分钟之久。

他们趁着夜色,拖着虚弱疲惫的身体披荆斩棘,不敢有丝毫的懈怠,一直全速前进。月色下的大山山顶泛着蓝莹莹的冷光,只有当他们眼前的树嶂时不时低矮下去时,才会显出山形,看上去比在昨天白天看到的要近了许多,但或许是由于月光作祟的缘故。

"我们必须得准确无误地找到那个墓室入口,这点很重要。那是唯一的出路。"

"会不会他们早已赶在我们前头,在那里等着我们?"

他也想到了这一点,之前很早就想到了,而这个想法让他心烦意乱。"我们还没到呢。等到了那里再说吧。"

他们没有办法判断追兵是在前面堵截还是在身后追赶,再或许,十面埋伏,布下天罗地网,因此他们只是盲目地左突右击。他们无从知晓下一秒钟是不是就会迎面撞上那些人,一次,激怒的鹦鹉和猴子发出喧闹声,同时惊动起沉睡的丛林雄峰围着嗡嗡叫,这些信号表明有情况。

他们赶紧蹲下身,静静等待着。和上次不同,这次没人来,谨慎地等了好久,他们才继续上路。

"不可能有人。"他警惕地压低嗓音说,"也说不准,是一只大猫突然扑向猴群里的一只猴子。"

靠着极大的意志力才驱使着他们继续向前:刚才的短暂喧闹来自前方,而不是身后。他们偏离了路线,尽可能地能绕多远就多远。

他还留意到令他不安的一个迹象。她的头脑开始不时地犯起了迷糊。他明白,这很可能仅仅是因为过度疲劳造成的,但无论如何,这是个不妙的兆头,一个危险的警告。她曾突然问道:"爸爸会在前面等我们吗?"

他不知道该如何作答。还没等他想出答案,她自己大吃一惊:"我刚才都胡说了些什么哪!"

脚下的地势已渐渐高起。虽然不是持续地高起,只是时断时续,那也是一个好兆头。如果他们两个能坚持得够久的话,天亮之前应该可以走出丛林了。

月亮又落山了,还是昨天晚上亲眼看见了米蒂香消玉殒的那轮月亮,现在夜色渐渐消散。他们一刻不停地走了很久,尽最大可能地利用夜色来做掩护。然后,他们只得再次卧倒休息,哪怕这样意味着就地毁灭。血肉之躯已无法支撑下去了。

这次,她没有睡着。他不许她睡着,也不许自己睡着。他不时地用指甲掐手掌上的肉,这样疼痛能让他清醒,一直张着眼皮。他数到十分钟,这时睡意开始渗入他们饱受折磨的身躯,渐渐地要占据上风，他突然一个激灵，又清醒了。

这次为了把她拽起来靠着自己，他差点翻了一个跟头。两人背靠着背，无精打采地坐着，好似两根抵靠在一起的斜杆。休整了片刻之后，他们重新挣扎着踉跄前行。头顶上的星星一闪一闪，缩成一个光点，身后的天空渐渐变成青灰色。

几乎与天色破晓同一个时刻，丛林戛然而止。随着天光渐渐照亮了周围的景色，他们走出了茂盛的森林，来到一片荒芜的山麓小丘之上，上面零星点缀着几棵低矮的小树，走着走着，树木愈发稀疏，最终一棵也见不到了。

"快看！"他小声地惊呼起来，"快看，克里斯，大山。"他看见疲惫和感激的泪水从她的眼中夺眶而出。他随手拍了拍她那缠结在一起的头发，眼睛向上眺望着依旧遥远的重重山头。"克里斯，在山那边。"他深深地吸了一口气，"大山那边是1955年。"

两人并肩伫立，仔细搜寻赫然出现在眼前的那块斜石，想找到墓室的入口，那是通往外界的唯一通道。他们先是搜寻了正面，没有找到明显的痕迹。又尽目力所及查看了左侧，依然一无所获，没有任何蛛丝马迹。于是，来到了右侧，那是最后一面了。还是什么都没有。

他尽力掩饰失望的情绪，不让心沉得太深。"应该就在这里附近的什么地方。"他喃喃自语，"我们从那里面出来的。我俩都记得。那不是在做梦。"

可是，什么是梦？什么不是梦？

他想方设法找准方位。"我们离开小道，往左走。"他大声地说道，一方面想说服自己，同时也想说服她。"那就是说，小道一直在我们的右手边，除非我们跨过去两次，只是因为当时天黑的缘故，我们没有察觉到。所以，假若我们回头往右边走的话，应该最终可以看到墓室的入口。"他征询地看着她，"克里斯，我们冒个险，行不行？我不想哄你，这次全凭碰运气。我担心如果我们往左边走的话，我们很可能会盲目地在山谷里打转，那样就再也绕不出来了。"

"拉里，我们冒这个险。"她柔弱地回答道。

他们走了一段回头路，先是回到了丛林的掩护之下，这样避免自己暴露在敌人的视线之中。然后，他们沿着树木不太茂密的丛林边缘走。密林和荒芜山丘界限清晰，仿佛被剃刀刮过一般泾渭分明，有时植被吐出绿舌，一路蔓延到山坡上。有时，情况恰好相反，干脊的地带逼退植被，伸入到丛林之中。

此时，他们已感觉不到疲劳和饥饿，对一切都麻木迟钝了。他们若是向疲惫屈服，那他们早就投降了，在一开始刚刚感到精疲力竭、反应最强烈的时候。现在，对这种疲惫感太熟悉了，以至于都麻木了，以至于他俩对此毫不理会。仅仅视线朦胧些而已，仅仅胃里抽搐了一下而已。

走啊走啊，他们发现，还得绕过一大段凸出的山肩。山肩后面，连绵起伏的山际线后退了很远，那里的山势低沉了下去，首先明显的证据便是颜色的改变。那边的颜色更加透明，没那么浑浊。待他们走近了之后发现，不同的是距离，而不是色差。

在山坡另一边，一条确确实实却无形的经度线在他们不断接近的视线中愈发清晰起来，两人的手迅速握住对方的手，十指相交，紧抓不放。他们看到了，它就在那儿，侧面的突出物先前一直挡住了他们的视线。是它，确凿无疑。他们看到了框在入口上的带槽石头，被人工打凿成平面，向后微微倾斜，与原始的石墙斜度相一致。那块石板，就是山的一面窗户。它看上去如此渺小，如此高高在上。但它在那儿。每一个细节在水晶般清澈的空气中与众不同。

他们走出丛林后，偏离的路程所耗费的时间有半日之多。好在他们现在修正了回来，又回到了正确的路线上来。他们能够看到目标所在。而且，他们两人都还能靠着自己的双脚走，没有被俘虏，那才是至关重要的。

它一点一点地与他们对齐并排，终于，从入口通往山下的小路出现在眼前。高高在上的小路就是一道车辙，一道褶皱，被塞进大山的肌肤之中。然而，它不难被人发觉，因为它具有的铅灰色使它在表层土的衬托下突显出来，就好比紧贴着一样东西拉一根细铅丝，便会留下发亮的拖痕。

终于，他停下脚步，和她一起卧倒在一个小土包后面，透过细长的树干四处瞭望。"我们就待在这下面,这里有掩护,等时机成熟再行动。"他喘口气说,"我俩既没有错过也没有往相反方向走得太远,现在我们就在它眼皮子底下啦。"这次是最后的休整,之后,他们将发起最后的总攻,最后的冲刺,他们将冲上去,钻入墓室,走出隧道。

他选的地方是个极佳的掩护地。墓室的入口完全暴露在他们的视野之内。而入口下山的小路几乎与这个掩护地相交叉,然后就在他们趴着的正前方进入丛林。他们已箭在弦上,蓄势待发,他想放手一搏。

俩人躺在那里,如同两片被人弃置的枯萎藤萝,她的头枕在他臀部和腰部之间的凹陷处。他知道,最万全的做法是等到天黑。然而,收益递减规律早已在他们身上大显身手,这对他们极其不利。他觉得他俩的力气无法支撑到那个时候。

她睡着了,而这次他没有阻止,相反,这正合他的心意。从前天晚上到现在,他也第一次闭上了眼睛,仿佛眼皮被胶水粘上了一般。上眼皮刚碰到下眼皮,便紧紧合在了一起。再强大的意志力都无法将它们撬开。

当她把他摇醒时,时间似乎刚过去了一小会儿。她惊慌失措地警告他。"拉里,别动。快看,看那上面。"

墓室入口把守着三名武士。突然,冒出第四个。接着,第五个。每隔一会儿,就会多一个人。他们从里面出来,一个接着一个。

那一队人肯定是进去搜寻他俩的,现在一无所获地空手而归。

隔着肌肤他也能感觉到她的心脏在怦怦狂跳。他紧紧地搂住她。"他们从那边能发现咱俩吗?"

显然,那些人正居高临下地扫视着丛林边缘;他对此很肯定,因为那群人大如铅弹的脑袋齐刷刷地缓慢摆动着,杀气腾腾。

"我觉得不能。"

"可是,我们能看到他们。我甚至能看到从他们刀上反射过来的阳光。"

"他们身后只有裸露的岩石,所以一眼就能看出他们。我们这里有树叶和树的阴影,还有其他各种各样的掩蔽,可以转移他们的注意力。不过,无论如何,你都得好好躺着,千万别动。"

那队人马成单列开始沿着小路下山,走在队首的人都快要走到路尽头了,而最后一个人才刚从墓穴洞口里钻出来。他数了数,一共十个人。武士们慢吞吞地沿着之字形小路往下走,中间间隔很大,每一秒钟危险都在增加,因为这些人每下山一步,距离他们的藏身之地就更近一步。

武士们的身影也越来越高大,从小如玩偶,一直膨胀到和真人一般大,每个人从他们身边擦身而过,转眼间被静谧的丛林绿波吞噬了身影,面对从天而降的浪涛,他们镇静自若,毫无畏惧。仿佛他们是被碧水所淹没,而一块块古铜色的肌肤最终将会重现,然后一去不复返。

最后一片颤抖的叶子也平息了下来,最后一丛瑟瑟发抖的芦苇安静了下来,下山的小路空无一人。世间万物,只有时间在嘀嗒。那些人消失了,仿佛他们从未出现过。可是,把希望寄托在这上面,将会是多么不计后果的惩罚啊!

终于,他婉转地暗示她,时机到了。"你能自己一路爬到那上面吗?你看呢?"

她勇敢地点点头。"我可以试试。我准备好了。"

"我们一旦出发,就必须行动迅速。从这里到上面,我们都将暴露在外,不像在丛林里可以躲藏起来。再说,他们可能留了人蹲守,这也说不准。"

他慢腾腾地站起身,有一种不自在的感觉,仿佛没有穿衣服,身上没有任何防备之物。"再待一分钟。"

她听话地趴在他的脚边,两只手把头发压平,以免碍手碍脚。

终于,他点头示意。她在他旁边站起来。

"你没事吧,克里斯?"

"我很好,拉里。"

"走之前,让我们向天祈祷。"

"大声念出来?"

"管它呢!念吧!"

她微微垂首,闭上眼睛。"神啊,指引我们吧。"她虔诚地念念有词道,"哦,神,万能的神,此生唯求此次施惠与我等。"

他坚定地伸出胳膊。"拉着我的手。"他不容置疑地说,"出发。"

他们迈着疲倦的小跑步伐离开了丛林,那是他们能聚集起的最大力气。他们并没有立刻暴露行踪,因为密林渐渐稀薄,周围逐渐空旷起来。不知过了哪个具体的地点,他们暴露在远距离观察视线内的范围远远大于看不到他们的范围,从那一刻起,他们便处在不测之渊。

进展对这两个人而言,艰苦卓绝,尤其是在体力透支的前提之下。而这时,地势已不再是一马平川,每迈一步,坡度都更加陡峭。他们俩觉得,一路上在灌木丛里的摸爬翻滚和这相比,似乎是小巫见大巫了。抬起全身的重量是对呼吸和腿部肌肉极大的挑战,远胜于荆棘丛生的黑莓灌木所造成的麻烦。

丛林如退潮的潮水一般迅速后退。整座森林看起来仿佛相互编织在一起,如同巨幅绿色绒头地毯,在山脚下平铺开来,风平浪静,一眼望不到头。

走到三分之一处,一个斜线将他们带到小路上。走上小路不会招来更大的危险,因为不论是走在小路上还是走在小路旁,他们都暴露无遗,于是,他们头也不回地走了上去。和在没有路的地方攀爬相比,这里脚步愈加坚实,方向愈加明确,

两人不断地回头张望,不是同时,而是轮流看,先是他,再是她。一方的缄默不语是在告诉对方,一切正常。刚才在下面的时候,他们把一个急转弯标志作为路程的一半,此时,这个中点正迫不

及待地下来迎接他们。

握在他手里的那只小手突然抽搐了一下。她的呼吸本来就很困难,她实在无法发出尖叫,只能在嗓子眼里微弱地哀叹一声,而他即使没有回头往下看,心里也有了数。豁免期已经到头了,他们正处在墓室入口和山下丛林之间的中点位。

一分钟之前还是平安无害的丛林边缘,此时喷涌出两个快速奔跑的人影,飞快地从里面跑出来,跑上蛇形小路,杀气腾腾地追赶上来。与领头的两人大约两倍距离之后,第三个人也从隐蔽处跑了出来。刚才他们看着回去的那队人里,肯定有一个或者两三个人落在后面逡巡,结果发现了他们,于是发出了警报。

他们俩也不知从哪儿来的劲,撒腿就跑,疯了一般狂奔。他们清楚,自己唯一的生机就在于进入墓室黑暗的掩护之下——赶在下面那群长了翅膀的复仇者之前到达,不要落入他们的魔爪。他把她拉到自己的前面,从后面推她,有时用唯一一只尚有力气的手推;在遇到坡特别陡或者路特别难走时,就用肩膀推。

她不是在呼吸,而是在抽泣。回头望一眼都是一种奢侈,他们耽误不起那个时间,除非小路上转弯时可以用余光扫一眼,扭一次头都要消耗太多的动能。

追兵动作迅猛。他们的腿上好似装上了活塞,开足马力,两条腿摆动得如同幻影。中间的差距不可逆转地越来越小。他们的身形越来越大,就像噩梦里那个横冲直撞的怪物。然而,山上的那座黑洞大开的避难所也越来越近，越来越近。

再最后一把冲刺，便胜利在望了。肺里呼出的仿佛不是空气，而是火苗，眼前飘浮的黑色微尘犹如显微镜下的细菌。一个女孩，一个憔悴不堪的男人，求生的欲望迫使他们向前冲。他们不可能大声叫喊。没有时间叫喊。现在，要么生存，要么死亡。他俩只能憋着气，挣扎着向上，向上，向上。

突然，一道阴影在他们身后落下，仿佛深蓝色的断头台铡刀落空，没有铡到他们的后脖颈，于是，他们进来了。

刺骨的阴凉仿佛冻僵了他们的皮肤，令他们毛骨悚然，犹如身上喷洒了某种不知名的麻醉止血剂。一时间眼睛还未适应光线的变化，什么都看不见。黑暗如同煤烟黑雾，从四面八方向他们涌来，片刻的安全竟使得他们最终一时无法行动。然而，从发现后面有追兵开始，两人始终不曾分开，而到现在，他的肩膀仍从后面紧紧地靠在她的肩膀上，推着她往前走，另一只手环抱着她的腰。你贴着我，我靠着你，两人深一脚浅一脚地在危机四伏的黑暗里摸寻，脚步的空旷声告诉他们，四周都是封闭的。

过了一两秒钟之后，拯救之光姗然而至。有一盏油灯仍在燃烧，显然那是刚才进来搜寻他们的那伙人留下的。灯火如豆，星点光亮消失在巨大的空间之中。可对他俩来说，这就是灯塔，世界上最亮的灯塔。它恰好放在穿越大山内部的隧道孔的外侧；在墙壁上如蜂巢般密密麻麻的壁龛、缺口和空洞中，油灯标示出隧道口。

灯光昏暗微小，宛如一星点琥珀色蜂蜜污渍，色泽极其暗沉，甚至连灯下的地面和后面的岩壁都晕染不上颜色。可它却赐予他们多活几分钟的时间——天知道还能活多久？它指明了逃脱斯提克斯[1]陷阱的出路。它照亮了那条梨形夹缝，幽暗中更加黑暗的地方，走出墓穴的通道。

"快进去！快进去！"他一把将她推搡进前方的虚空之中，然后把搁置在高处的油灯夺在手里。那是个金属质地的容器，里面盛满了液体，但他没有心思，也没有时间去搞明白那究竟是什么玩意儿了。分量不轻。对于一个体力没有耗尽、身体尚未疲倦的人来说，拿在手里或许并不觉得重，然而，对于他而言，增加的每一盎司重量也许都是生与死的区别。当然，它也给敌人指了路，正如现在为他们俩指路一样，如果他举着油灯走的话，势必也会准确无误地给追兵指明了方向。

于是，他双手将油灯举过头顶，向前一抛，将它掷入墓室里，扔掉不要了，砸了它，毁了它，如同那些人要毁了他和她一样。

一道磷光闪闪的怪影以诡异的方式昭告它的寿终正寝：拖着一条彗星尾巴，划过地下暗室的穹顶，那是在空中飞行时溢出的火苗。"当啷"一声，砸在了远处高台墙壁上的某个地方。猛地蹿起一道火帘，洒出来的液体点燃了，火势失去控制，沿着高台的墙

---

[1] 斯提克斯：词源为 Styx。古希腊神话中地狱间的冥河，是连接地下和人世的"中介"。

壁，向下、向前方喷洒。在这个过程中，只有一瞬间，仅仅一瞬间，米蒂的脸庞仿佛显现了出来，熠熠生辉。那张脸第二次消失了，那张他再也不想记起的容颜，将永远无法遗忘。顺着墙壁流下的发光液体洗刷着壁龛上的面具。有那么一刹那，他有一种幻觉，她在俯瞰着他，火浴中的苍白面容穿过永生的黑暗，凝视着他。后来，面容黯淡下去，永远熄灭了，滴滴答答的液体流尽了。

永别了，两个本不该相遇的人永别了，毕竟，亘古不变的法则超越了个人的意志。这是双重的告别，跨越了四十八小时，跨越了五百年。

他回过身，跌跌撞撞地走进通道里，通过歇斯底里般的呼吸声，找到了克里斯，她在等着他。这次他仍然让她走在前面，把一只手搭在她的肩膀上，以防自己踩到她的脚跟。四周漆黑一片，尽管她就紧贴在他身前，却仍然看不见她的身影。

每一步都走得小心翼翼，说不定脚下的沟槽会突然一个急转弯。他们俩分工，他负责用手摸着右边，她负责左边，这样可以避免靠得太近而擦伤。密闭的空间里空气不流通，令人难以呼吸；唯一令他们欣慰的是，这里的地势不像洞外的山坡那么陡峭。但这点好处也被伸手不见五指的黑暗给抵消掉了。

涌入洞口的脚步回声已然从幽暗中传来。声音一经响起，便疯狂地追咬着他们不放，他们拼命想摆脱掉，想甩掉，但怎么都挣脱不掉。脚步声听上去势不可挡，如同埃斯康迪达庄园夜晚响起的鼓点一样,让人疯狂,当然,那一幕仿佛是上辈子发生的事情了。脚步声本身很轻,赤脚踩在潮湿的岩石地面上,发出"啪嗒啪嗒"的声音,空洞的空间放大了回声,传到他们耳朵里时,已是轰轰作响。

他们的呼吸声越来越重,发出"呼哧呼哧"的响声,令他俩备受折磨;踉跄的脚步声在耳边"嗡嗡"萦绕,喧嚣不已,可这些噪声都无法驱逐身后传来的那个声音,那个时近时远、让人无法安宁的、怀恨在心的、愈发增强的念念有词声:啪嗒,啪嗒,啪嗒。

受追赶脚步的驱使,他们失魂落魄、夺路而逃,膝盖弯曲着,在岩石管道里摸索着前行,恐惧、惊慌如同阀门控制下的潮水,时涨时落,一路随行。他们身上被撞得伤痕累累,青一块紫一块的,因为他们无法在洞里做直线运动,相反,里面弯弯曲曲,每当方向发生改变时——隧道里有无数个转弯——他们只能通过反复试探摸索才能找准方向。一次又一次地,她脚下一绊,摔倒在地,幸亏他们走得不快,他才不至于跟着摔倒在她身上,话说回来,他们怎么可能走得快呢。她累得躺在地上不想起来,可他一次又一次地拽她起来,扶着她,直到她能站稳脚跟,就在这片刻的停留间,那无情的啪嗒,啪嗒,啪嗒声不断逼近,迫使她鼓足了劲儿往前冲。

渐渐地,他们对那脚步声已充耳不闻。血液在体内沸腾喧嚣,令他们无法理智地判断出目前自己所处的情势,是处于不利地位,还是仍然保持着先发的优势。但有一点他们可以确定，他们与追赶者之间的距离没有拉长，毕竟，他们现在身心俱疲，已经到了拖着双腿费力挪动的地步，但凡能直立行走的人，速度都不会比这慢。

他们走到了水眼处。远远地，就听到泉水叮咚声，尽管两个人早已口干舌燥，焦渴难耐，而他却害怕靠近它，他多么害怕他们会完全丧失了理智，不肯离开那眼泉水。

她双手双脚都撑在地上，把脸平贴在岩石上，清泉从石上蜿蜒而下。他则站在她旁边，在她上方斜倾身子，任由泉水从他痛苦不堪的脸颊上滑落。他觉得自己仿佛这辈子都没喝过水。他觉得若是以死亡来做交换筹码，来延长这偷来的片刻欢愉，在这里再耽搁得久一点，那都显得太廉价了。

啪嗒，啪嗒，啪嗒，像是死亡判决的落锤声，一声一声，敲击着他们的耳膜，每过一秒，它便更靠近一点，更从容一点。

他抓住她的后脖颈，硬是掰开她固执的脑袋。"别咽下去，含些水在嘴里。"他警告她。

她挣脱着又贴上去，这次，理智占了上风，她顺从地抽身离去。

两人继续往前走，啪嗒，啪嗒，啪嗒声越来越近，越来越清晰。接着，声音暂停片刻，停在水流的地方。然而，即使停了下来，隐隐约约地，遥远深处依然传来鬼魂一般的回响。有一群追兵，但其中的一个遥遥领先。他们俩刚离开水眼，那个人紧跟其后，也到了那里，速度之快，简直令人心颤。几乎接踵而至。

领头者的脚步声刚刚平息，很快又敲响了。更敏捷，更有活力，毕竟，他无须长时间的休整。

现在，他们甚至可以听到他的呼吸声，粗粝而刺耳，沿着隧道向他们喷涌而来。

突然，她猛地一个急转身，和他撞了个满怀，两人差点同时摔倒。

"路断了，到头了。"她气喘吁吁，"我找不到路。"

他挥动两只手，上上下下，左左右右，都是岩石。它堵住了出路，将他们封闭在隧道中。

这时，两边隐隐显出一丝苍白色。一束光的影子。劈开黑暗的一线灰色。

"石板！"他激动地哽咽了。

他用肩膀撞击它，但它纹丝不动。光线变亮了一些，宛若一簇火苗被吹了一口气之后，忽然亮起来，很快又黯淡下去。

啪嗒，啪嗒，啪嗒，音量渐强，好比奏响了复仇者的凯旋之歌。

他往后跑了几步，然后转身，冲向障碍物，这次它晃动了一下，四边的光又亮了一些，接着，缝隙又合上了。它就是不肯倒地，不肯放他们出去。一墙之隔便是安全之地，却无法企及。生机距离他们只有七八英寸开外。

他一时间崩溃了，疯狂地用手指徒劳地抓挠着石板。而她瘫坐在黑暗中的某个地方,就在他的脚边,缩成一团,颓然抽泣。

他蓦地停下来,仿佛怒不可遏,狂怒之下寻求自我毁灭,他回头便往前冲去,朝着迎面而来的啪嗒,啪嗒,啪嗒……

他一屁股坐到地上,横躺在隧道里,一动不动。

来了。身下石板被脚步震得微微抖动。啪嗒,啪嗒,啪嗒……然而,最后的脚步声没有响起,也没有落下。

一只光脚迈向他的身边,无意间踹到了他,使他浑身上下为之一颤。那人失去平衡,在空中飞了出去,一头栽倒下来,一部分身体在空中,大半截倒在他前面。只有双腿落在他身上,徒劳地在空中乱蹬乱踹。

猛烈的撞击声震得石顶轰轰响。那个野蛮人肯定被撞晕了过去,那一会儿,他动弹不得,只是全身本能地抽搐着。而说时迟那时快,琼斯早已站起身,跨在那人的咽喉处。

这时他发觉,自己没有足够的力气能速战速决地掐死对方。现在不是宽大处置对方,或者好好打上一架,直到分出胜负再停手的时候。现在是你死我活的生死存亡时刻。

他换了攫取的目标,抓起两把印第安人又长又粗的头发,一边一缕,紧紧握在拳头里。又只听"砰"的一声响,但是这次不是双脚奔跑在隧道石板地上的声音。他能感觉到他握住的头骨在中间某个地方破碎、裂开。

他丢下那个脑袋被撞碎的人,跳起身跑回到她的身边。其他人仍在追赶,但他们还落后一段距离。赢得了一点时间,一分钟,或许两分钟。

"我撞它的时候,你用力推,使出浑身力气推。"

他双臂抱在胸前,当作缓冲器,然后猛烈地撞向石板。这次透进来的光有些刺眼,几乎令人睁不开眼,如同一盏闪光灯嘶嘶作响,照射在石板的四周边缘。一时间,它违背了地球引力法则,悄然开了一道缝。接着,随着震天动地的一声巨响,石板轰然倒地,两人眼前呈现出一片明晃晃的广阔天地,令他们目眩神迷。

他们重新回到了人世。

啪嗒,啪嗒,啪嗒,脚步声如同鼓点从身后传来。他拽着她跟在自己身后,突如其来的炽热光线让他们看不清周围。太阳已然低垂在西边,但此时仍是白昼。

他们跑着穿过那条弯弯曲曲的沟渠,那是米蒂曾经向往遐思的豁口。在他们的眼睛能完全适应光线之前,他们靠着土墙才能保持正确的路线。

过了一会儿,他们才恢复了视力,这时,眼前的近景与山坡下的远景连成一片,一览无遗,这个过程与冲洗照相底片的过程同出一辙,浸泡、显影、上色,一帧一秒,逐渐成像。坡下远远的,便是那处小小的泉眼,一动不动立在旁边的,是两个骑马的人。两人肩上扛着卡宾枪,枪筒反射出一闪一闪的太阳光。或许他们是在行警察之职,深入到山坡之外巡逻,或许他们是奉命前来搜寻失踪的人。

他兴奋不已，高举起一只胳膊，拼命朝着那两个人一边挥舞，一边跑啊，滚啊，嚷啊，一路上尘土飞扬，碎石翻滚。

那两人瞧见了他，从他们身体突然僵直可以准确无误地判断出这一点。两人在马背上都挺直了身体。胯下坐骑的脖子被缰绳从水潭里拉出来，立在空中。两个骑马人目瞪口呆地看着他们，似乎被这两个突然从地下冒出来的人给弄懵了。

他回头张望，有一个野蛮人已经从沟谷的入口处出来了，现在能看到整个人影。太阳西沉在天边，光线笼罩着那个人的全身，清晰可见他的满腔怒火和原始人的奇装异饰。棕铜色的肌肤经过长距离的奔跑，在肋骨处一起一伏；腰间系着一条短裙，一把刀垂在屁股上；头顶上冒出一簇鲜红色的蜂鸟羽毛。一道青灰色的影子——和人类投下的影子一样——在他身后的山坡上拖下长长的一条斜线。一只胳膊朝后摆，手里端着一只标枪。

标枪似一束光，"嗖"地飞了出来，她没有像他那样回头看，因而不可能第一时间发现。他飞扑上去，将她撞到一边，动作之迅猛，她一下子摔倒在陡峭的斜坡上。而他取代了她的位置，站在原地。标枪好像把他一分为二，他镇静得出奇，低头查看，发现标枪穿透了他摇晃不已的身体，枪头露出来足足有两英尺长。

他像滚筒一般向前倾倒，先是双膝跪地，然后额头扑倒在地上，脑袋旁腾起一团灰尘。枪杆"啪"的一声，在他拱起的身体下折成两段。他侧倒在地，蜷起身子，然后逐渐松开，最后静静地躺平。胸口一阵剧痛，如同电流击过，躺了一会儿之后，疼痛消失，没有后悔，只有疲惫。

他的耳膜似乎闭合了起来。仿佛透过厚厚的过滤层，他才听到她朝着坡下的两个骑马人尖声大喊。"开枪啊！没看见他站在那里吗？Mátalo[1]！"

他微微抬起头看，带着围观者的兴趣，仿佛这一切都事不关己。

他们只需要一粒子弹。是个百发百中的目标，一枪毙命。那人站在高处，全身都暴露在射程之内。

在岩石环绕的地区，步枪的射击声听上去怪怪的，呆板的"嘎吱"一声，如同一只充了气的纸袋爆裂的声音。

石块、土块纷纷溅落而下，有种泥沙俱下的效果，又好似多层项链断裂的样子。接着，他的尸体掉了下来，脸贴着地面往下滑，几乎一直滑到他们的脚边。那条青灰色的影子依然拖在身后，犹如一只受地面牵线的风筝在空中的尾巴。

那一小簇鲜红色的羽毛此时仿佛是从地里长出来的，仿若某种不知名的花，开在与世隔绝的大山之中。而从那个弹孔汩汩往外冒出的黑红色细流，渗入岩石中不见了。

她跪在琼斯的身旁，两只手捧着折断的标枪，神情恍惚，不知所措，仿佛捧在手里的是一把长度测尺，想用它来测量自己的痛

1　mátalo：西班牙语，意为：杀了他。

苦和损失，却怎么都量不出苦有多深、伤有多痛。正在此时，骑马人姗姗来迟，下马俯身查看两人的情况。

他看不清他们的模样。

"你们晚来了一分钟。"他说，"不过，还是得谢谢你们。"

说完，他闭上了眼睛，骑马人无法判断他是因为累得闭上眼睛，还是因为身体的剧痛。骑马人把水壶里的水给他们喝，一人一壶，他喝水的时候，眼睛仍然闭着，随着喉咙咕嘟咕嘟，嘴角溢出少许的水，淡粉红色的水。

"雷蒙，帮我把他们搀到马上。我们得马上把他们送到低地去。他需要救治，她需要吃点东西，休息一下。他们可能是迷了路，误闯到山那边的无人区里去了，在那里转悠了好几个礼拜才出来。"

"那边的无人区。"琼斯哭笑不得地自语，眼睛仍然没有睁开。

另一个骑手从克里斯手里拿过标枪的断裂部分，克里斯顺从地递给了他，骑手满腹狐疑地仔细打量。他把标枪凑近鼻子，然后，警惕地追查到他的手掌根部，也就是大拇指关节处。借着太阳的余晖，他细细地查看自己的手，看有没有亮闪闪的东西或者能泄露秘密的闪光痕迹。

"我们没法把他活着送下山去了。"他轻声地用西班牙语对同伴说。"上面有毒。"说完，他赶紧把它扔掉。

克里斯捡起来，疑惑地打量着。

"把我俩放在一匹马上。"琼斯语气平和，依然闭着眼睛，"我要抱着她下山去。至死不渝。"

费了一番力气才上了马之后,这一小队人马出发了,两名骑手步行,一个牵着载人的马,另一个用肩膀和胳膊扶着琼斯坐稳在马鞍上。

马儿缓缓顺着斜坡往下走,他将她搂在怀里,嘴巴贴着她的耳朵,低声耳语。

"克里斯,别怕。你得独自一个人走完这段路。我很快就要离开你了。"

她也轻声回答,声音轻到周围的人根本听不见:"你不会离开我的,我们永远在一起,直到路的尽头。"

她张开手,原来她把标枪头插进了自己的身体里,她拔出枪头扔掉。

两人头靠着头,缓缓地往山下走去,往下走,到海洋去,生生不息的夜潮不知疲倦地一遍又一遍冲刷、席卷着他们;天色愈加深沉,先是海蓝色,继而靛蓝色,然后午夜紫色,最后是没有星光的玄黑色。

他叫劳伦斯·金斯利·琼斯,与众人无异,和你、我一样,同属平常之辈。然而,在这个平常人身上,却发生了一件不平常之事。

图书在版编目（CIP）数据

野蛮新娘／（美）康奈尔·伍里奇著；李晨译．——上海：上海文艺出版社，2020（2021.4重印）
（康奈尔·伍里奇黑色悬疑小说系列）
ISBN 978-7-5321-7664-9

Ⅰ．①野… Ⅱ．①康… ②李… Ⅲ．①长篇小说－美国－现代 Ⅳ．① I712.45

中国版本图书馆CIP数据核字（2020）第074463号

野蛮新娘

著　　者：[美]康奈尔·伍里奇
译　　者：李　晨
责任编辑：蔡美凤　吴　艳
装帧设计：周　睿
责任督印：张　凯

出　　版：上海文艺出版社
出　　品：上海故事会文化传媒有限公司
　　　　　（200020　上海市绍兴路74号　www.storychina.cn）
发　　行：上海文艺出版社发行中心
　　　　　（上海市绍兴路50号）
印　　刷：上海中华印刷有限公司
开　　本：889毫米×1194毫米　1/32　印张7.75
版　　次：2020年7月第1版　2021年4月第2次印刷
ISBN：978-7-5321-7664-9/I·6097
定　　价：35.00元

版权所有·不准翻印

上海故事会文化传媒有限公司 出品（00963）www.storychina.cn

想看更多精彩故事？
扫码下载故事会APP

上海故事会文化传媒有限公司所有图书可办理邮购，免收邮费（挂号除外）
汇款地址：上海市绍兴路74号（200020）；　收款人：上海故事会文化传媒有限公司出版发行部
联系电话：021-64338113
如发现本书有质量问题，请与印刷厂质量科联系 T：021-60829062